掟上今日子の遺言書　西尾維新 NISIOISIN

掟上今日子的遗言书

西尾维新／著
NISIOISIN
绯华璃／译

北京时代华文书局

千本樱文库

前 言
PREFACE

文库，原本是指收纳书物的仓库和书库，也指收纳书与记事簿，以及不常用物品的小箱子。以前者为例，京浜急行线的“金泽文库站”就是以前镰仓时代北条氏用来收藏汉书用的，“金泽文库”名字的由来便是如此。东京都的世田谷区也存在着收集着珍贵汉书的“静嘉堂文库”。后者则更多地被称为“手文库”。

江户时代以来，可以放入袖袂的小开本书籍逐渐流行起来，被称为“袖珍本”。明治36年（1903年），富山房发行了小开本的丛书，起名“袖珍名著文库”。随后，明治44年（1911年），讲述战国时代的猿飞佐助和雾隐才藏系列故事的讲谈社“立川文库”发行出版。讲谈是日本民间艺术，以口语化的方式讲述历史故事的形式。而“立川文库”则是将讲谈收录成册集中出版的丛书，据统计，当时刊行量为200册左右。从那时起，文库就脱离了原本的释意，逐渐演变成了现在的类书集丛。

文库说法借鉴了日本出版业界的传统说法。而千本樱源自日本奈良县吉野山樱花盛开的奇景，世人皆称“一目千本樱”来形容樱花美景。千本樱文库的纳入作品皆为日系作品，题材包括推理、悬疑、幻想、青春、文化等类型，正如千本樱满山盛开的绝景。

现代日本，以“文库”命名刊行的丛书系列有 200 种以上，所谓“文库本”只不过是统称而已。日本传统的“文库本”常用的是 A6 尺寸的 148mm × 105mm，也叫“A6 判”。千本樱文库的所有书籍将在“文库本”的基础上提升，达到 148mm × 210mm 的开本标准。追求还原的前提下，力图带给读者更清晰的阅读体验。

从上世纪 70 年代以来，日系推理小说逐步进入中国读者的视野。随着时代更替，涌现出了各种不同风格的作家。日系推理能够长久不衰的原因之一在于设立的各种新人奖，这些新人奖能为日本文坛输送新鲜血液，不断地创作优秀作品。其中，以自由度著称的梅菲斯特奖独树一帜。梅菲斯特奖是讲谈社旗下的公募新人奖，其特色在于不限题材，不设字数限制，能够充分发挥作者的想象力和创作力。因此，获奖作品都具有鲜明个性。同时，如森博嗣、京极夏彦、辻村深月等人气作家也都出道于梅菲斯特奖。梅菲斯特奖作家系列的引进出版，会给读者带来更多的个性之作。

西尾维新作品的风格，即使放在梅菲斯特奖的历史上，也是独具一格的。2002 年至 2005 年期间刊行的“戏言系列”兼具文学性与娱乐性，打破了本格推理小说解谜为主，不注重登场角色的传统。其作品中，经常出现形形色色、个性怪异的角色形象：喜爱自言自语的大学生、醒来就会失忆的侦探等……千本樱文库会陆续为各位读者带来他们的故事。

千本樱文库编辑部

作 家
WRITER

鲇川哲也奖作家系列

- ◉ 相泽沙呼
- ◉ 城平京
- ◉ 芦边拓
- ◉ 柄刀一

梅菲斯特奖作家系列

- ◉ 西尾维新
- ◉ 井上真伪
- ◉ 天祢凉
- ◉ 殊能将之
- ◉ 木元哉多
- ◉ 北山猛邦

其他作家系列

- ◉ 乙一
- ◉ 三津田信三
- ◉ 仓知淳
- ◉ 深木章子
- ◉ 横关大
- ◉ 野崎惑

掟上今日子的遗言书

第一章 住院的隐馆厄介——001
第二章 委托的隐馆厄介——029
第三章 带路的隐馆厄介——049
第四章 静听的隐馆厄介——079
第五章 待命的隐馆厄介——107
第六章 会面的隐馆厄介——127
第七章 再访的隐馆厄介——149
第八章 提问的隐馆厄介——177
终章 执笔的隐馆厄介——203

第一章

住院的隐馆厄介

1

啪叽——听见了像是捏碎鸡蛋的声响。

是从我的身体里传出的声音。

浑然不知发生了什么事，完全搞不清楚究竟是如何——要用这种句子来形容，在这个情况下也实在太过于文绉绉，根本没有陈述到事实。实际上，我还来不及闪过完全搞不清楚这个念头，就失去意识了。

顶多只能感到——原来人要死时，就是会死掉的。

2

不过，如果能那样说死就死，人生在世也不用如此辛劳，人的性命固然脆弱，但同时也非常顽强。

徘徊鬼门关前整整一个星期之后，我总算在病床上醒来，才知道造成这一切的，是因为有个初中女生从大楼的楼顶摔落，她的身体就这么直直地往正走在回家路上的我身上压。

我似乎侥幸捡回一命。

不过，若是要我从此领略这份幸运，好好感谢上苍，这次如同字面般“降临在我身上的不幸”等级未免也太过头了——反倒让我想诅咒上苍，问它究竟与我有何仇恨。

光是在日常生活之中，我就已经平常且恒常地会被卷入从微小犯罪到滔天大罪等各种无奇不有的犯罪事件，而且每次都会蒙受不白之冤，被当成嫌犯对待，黑锅几乎随身背。这样的我，隔了好久才终于——真的是好不容易——才终于找到一份新工作，可是为什么才找到工作，就得摊上这种事呢？

若要具体列出受到多少损害……虽然捡回一命，但右手臂和右脚大腿严重骨折，所以想也知道，我暂时不能工作了——别说工作，我连好好写字、吃东西都办不到——因此想当然，工作肯定是保不住了。

虽说利用写简历的空当，最近我也开始写些类似备忘录的文章，但落到这样动弹不得的境地，感觉我或许真的只能去当个作家了。

听我这么说，前来慰问的绀藤先生教训了我一番。

“只能去当个作家？喂喂，你别小看作家啊！厄介。”

绀藤先生任职于大型出版社“作创社”，才三十多岁就身居统领漫画周刊杂志编辑部之部长一职的他，或许因为曾经隶属于小说部门，所以无法对我轻率的发言置若罔闻。

当我正要为自己的失言道歉时，绀藤先生却微微一笑。

“不过说老实话，那些小看作家这行的年轻人，倒是还挺容易三两下就成为作家呢。从这个角度来看，你其实还挺有可能性的。

因为你光是把平常体验到的事记录下来，应该就能写成好几本书了吧。就像这次的体验，也不是一般人体验得到的。”

这究竟是在调侃我，还是在鼓励我呢？感觉两者都说得通，也似乎都说不通——我想还是从正面的角度来解读这句话好了。

“话说回来。”

绀藤先生坐在床边，边削苹果边说——让曾经是自己上司的绀藤先生做这种事，实在是让我过意不去到极点，但是身为右手不方便的重伤伤员，也只能承蒙他的好意了。

更何况，绀藤先生最讨厌这种客套。甚至还不许我对他讲话遣词用字太恭敬——因为我们现在只是普通的朋友。

“如果是在漫画世界里头，‘女孩子从天而降’可是极为令人向往的展开呢。而当其发生在现实世界之中，原来会这么悲惨呐……你这辈子遇到的惨事的确很多，不过搞到住院倒也还挺少见的，不是吗？”

“嗯，是呀，确实是。真是难得。”

但要是去检视事态的严重性，能搞到住院已经算是轻伤了——依照主治医师的说法，只要像这样能够清醒过来，就不会有生命危险，至于身上骨折的部位，似乎也不会留下后遗症。

医生还信誓旦旦地向我保证，只要我自己感觉没问题，今天就能出院——不过，这或许只是透露出医院方面因为病床有限，不希望一直有人占着单人病房的真心话吧。

“可别这样想，医药费也不是一笔小数目，能够快快出院是最好的——厄介，你要感谢父母生给了你一副强健的身体呢。”

“嗯，这倒是。真是让我感激涕零泪流不止……”

我总是毫不避讳跟别人说，自己这副超过一米九的巨大身躯，在日常生活之中实在只是不便（而且我认为就是身高这么高，才会老是引起众人侧目，导致动不动就受到怀疑），但如果这次是因此才捡回一条命，也只能说是不幸中的大幸了。

“说到骨折，也有治好之后，骨骼会变得比以前还要强健的说法呢——虽然我这身躯再强健下去也不是办法。”

“哈哈，是有这种流言传说。”

是流言吗?

毕竟不是肌肉，不会恢复得那么神奇——他补充道。

不愧是绀藤先生，真博学多闻。

然而提到传说，好像哪个古希腊的哲学家还是谁的死因，听说就是被飞鸟没抓稳的天降龟壳砸到头死去的。虽然与遇上天降初中女生以身相砸的倒霉程度也可以说是不相上下，但至少没就如此成为我的死因，或许我的运气还勉勉强强没有糟到无可救药的地步。

而且，也不只是我得救。

坠楼的初中女生也因为落点上刚好有个路过的我，捡回了一条小命——她可是从七层楼高的商住混合大楼楼顶上摔落，换作是正常情况，她应该早就一命呜呼了——是因为有我这个安全“皮囊”，她才能大难不死。

初中女生——正确地说是初一女生。

还没过十二岁生日的女孩——连少女都称不上，顶多只能说是个孩子。

这也是我得救的原因。

假如我的块头再小一号，或者是正值发育期的她再大一岁，或许我们彼此都不可能平安无事。

话说回来，我虽然已经恢复意识，但是她还在另一家医院里徘徊于鬼门关前，要说平安无事也很难说。

还在住院的我，虽然辗转听闻女孩“尚未恢复意识”，却也搞不清楚这究竟是代表她处于什么样的状态。但至少可以确定的是，应该不会是能让我沾沾自喜“都是因为我舍身相助，才能让一名少女得救”之类的状态。

……更何况，即使她之后因为治疗发挥功效，顺利清醒过来，或许也不会感谢我。

——因为。

因为那个初中女生是基于自己的意志，从楼顶纵身往下跳的。

也就是——所谓的跳楼自杀。

准备了遗书，摆好了鞋子。

她是看准铺着柏油的马路，自己跳下去的——才没有打算要得救。

因此，对她来说，刚好路过正下方的我，只是破坏她好事的捣蛋鬼——这么一来，我可真是好心没好报。

说我肤浅也无妨，可是既然都因此身受重伤，并且几乎已经确定会被炒鱿鱼，我希望至少能博得挺身救小孩一命的美名——不过实际上，我只是被自杀的她拿来垫背罢了。

考虑到年仅十二岁就决定要亲自了结生命的少女内心苦衷，或许不该用“只是”来形容，而且比起晚个几秒钟，眼睁睁目击到少女坠落地面的光景，事情能这样发展或许还算好。

就算她不感谢我，就算她怪我多管闲事，或许我还是应该以救人一命为傲——即使我并没有那个意思——那只是个偶然的结果。

即使——那只是个倒霉的结果。

“哈哈。你真是个好人啊！”

绀藤先生这次真的是在调侃我。

“我真不懂，为什么像你这样的人，会一而再、再而三地被当成凶手呢……就连这次的事也不例外。”

提到这一点，我真的很沮丧。

倒霉固然已是日常，但每每蒙受不白之冤的时候，我也未曾不沮丧——可是“这次的事”真的太令人沮丧了。

只是走在路上，就有人从天上掉下来，砸到让我重伤住院的程度……但也因为如此，双方都捡回了一条命，换个角度来看，就算不能成为美谈，应该也可以从正面角度来切入解读，视为一个奇迹生还的案例——但是，世人的眼光却完全不是这样。

听说当我陷入昏迷之时，在电视上播个不停的新闻，居然都朝着宛若走在大楼底下的我，故意给坠楼初中女生致命一击的方向报导。

什么致命一击，少女根本没死，到底要怎么曲解、怎么过度解读，才能把事情解释成这样啊——我急忙把过去一个星期的报纸全都翻出来看，但是因为报导篇篇都写得实在太过分，我看到一半就放弃了。

总而言之，所有的媒体都把我当成凶手，将我安上杀害初中女生未遂的罪名——没想到我都已经命悬一线了，还要蒙受不白之冤——难道我到死都要背着黑锅进棺材吗？这还真是前所未见，特地为我量身打造的黑锅。

觉得自己的冤罪体质已经到了一个无以复加的地步。

我从未想过要成为名侦探，但好像就连被害人也当不了。可能因为“被害人”是未成年的初中女生，所以我的姓名也幸而未见诸报端，这或许算是唯一的救赎。

但是再这样下去，“二手书店员工（25岁）”的真实身份被世人所知也只是时间上的问题——我就算了，但是对于雇用我的老板实在过意不去。

“‘二手书店员工（25岁）’是吗？谁叫你以前在出版社工作，这次却要去二手书店上班，搞这种脚踏两条船的行为，这下遭天谴了吧？”

呃，第一线的出版人说出来的话就是很犀利。

被他这么一说，我也无力反驳。

是有些背叛老东家的感觉。

话虽如此，纵然我的确有一段时间是绀藤先生的部下，在作创社打过工，但当时也蒙受了不白之冤，在百口莫辩的情况下被开除，所以也没必要对出版社尽人情义理。

姑且不论这些，要说眼下我所面对的状况是天谴，这也着实谴得太重了一点儿。

“虽然我想应该不至于变成那样……但或许我该做好准备，万一警方随便听信报导，要来找我问话，我也随时都能找侦探来……”

我喃喃自语，也不尽然是在开玩笑。

尽管我还不确定像这种情况到底该找哪种侦探……我的手机通讯簿里储存了各家侦探事务所的电话号码，但是一下子还想不到哪个侦探擅于处理女孩子从天而降的事件。硬要说的话，或许该找擅于处理媒体公审现象的侦探吧……说到擅于控制媒体的专家，对了……

“掟上小姐如何？”

冷不防，绀藤先生说道。

“嗯……？不，这种案子并不适合今日子小姐，不能找今日子小姐。在众多侦探之中，她是属于不适合办这种案子的。”

今日子小姐——掟上今日子小姐，是我以前由于受到绀藤先生的委托，介绍给他的侦探。该说她是比较特别的侦探吗？总之是个有些特殊的侦探。也因此，要处理当时绀藤先生遭遇的麻烦事，乃是再适合不过的人选，但是她那种特性，以这次的案子来说，却是很明显的不适合。

根据我多次的经验（一般而言应该不会有这么多次的经验），一个人要从媒体公审现象恢复正常生活，是足以令人失去耐性的长期抗战——正因为如此，这次可以说是完全没有“无论什么样的案子，都能在一天内解决”破案速度最快的侦探出场的机会。

“这样啊。说的也是。要是你能利用这次机会和今日子小姐的感情有所进展，也算是因祸得福。”

“哈哈哈……绀藤先生，你真爱说笑。我和今日子小姐的感情是不可能有所进展的，这一点你不是也很清楚吗。”

“如果你老是这么想，的确是那样没错。”

绀藤先生耸耸肩。

“既然如此，这就另请高明去挽回你的名誉……”

绀藤先生把削好的苹果递给我。

“那么，你可以帮我叫掟上小姐来吗？厄介。”

“咦？绀藤先生，你这句话是什么意思？”

“也就是说，我啊……”

绀藤先生说道。

“我又有想请忘却侦探——忘掉的事了。”

3

绀藤先生既是我的朋友，更是我的恩人，我当然没理由拒绝他的委托。过去我在作创社工作却蒙受不白之冤，那时唯一替我说话的人，就只有绀藤先生。只要是为了绀藤先生，要我赴汤蹈火，我也在所不辞。

不，甚至该说，我隐馆厄介随时都在等待机会，想要报答他的恩情——然而唯独这天，因为他实在过于唐突，几乎是猝不及防地提到这个话题，令我不由得大吃一惊。

难道在我住院的时候，绀藤先生也遇到什么麻烦吗？

若是如此，那么这个人的灾难体质其实并不逊于我——一般而言，人生在世不会这样三番两次地需要侦探的帮忙。

而且还是在这么短的期间内。

“听我说，厄介。从我的角度来看，这并不算是多唐突的委托，也不是要趁机找你帮我做事。因为我遭遇到的问题，跟你这次被卷入的事件并非全然无关。”

“并非全然无关？”

“不仅如此，还与你大大有关……老实说，我苦恼极了。我想你也是挺苦恼的，虽然应该是比不上你，可是我也着实伤透脑筋。”

绀藤先生说到这里，露出有些无力的微笑——刚才我满脑子都是自己的事，所以没有注意到——说来绀藤先生总是神采奕奕的表情，今天看起来确实有些疲惫。

在我昏迷的一个星期之中，发生了什么事吗？他说并非与我全然无关，而且还是大大有关，但我却一点儿头绪也没有。只不过，我的茫无头绪与浑然不觉……也不是今天才开始的事。

“该不会又是里井老师发生了什么事吧？”

我口中的“里井老师”是里井有次老师——是绀藤先生担任责编的漫画家之一，也是他身为总编辑的那本杂志上当红的漫画家。

上次我把今日子小姐介绍给他的案子，就是发生在里井老师工作室的失窃案——这么说可能有些失礼，虽然当时里井老师给我的印象是一位所谓天才型的漫画家，但也因此我总觉得她除了漫画以外，制造麻烦的才能似乎也很强大。

不过，这个推理是个篮外大空心——我果然当不了侦探。

“里井老师好得很！说是一帆风顺也不为过。甚至该说历经那件事，画起漫画来更是愈发顺手了……掟上小姐的人格特质，似乎对里井老师带来良好的刺激。”

那真是再好不过了——但这也让我个人感到有些焦虑——即使我没计划要公开发表，可是对于正想把今日子小姐的侦探事迹整理成文章的我而言，实在不想让才华洋溢的漫画家抢先一步。

所幸，里井老师应该不是会去画推理漫画的漫画家……

“那是谁？其他老师吗？”

“没错。你很机灵嘛，厄介。”

他这样称赞我，我反而更难为情。

我只是不认为绀藤先生私底下会有什么烦恼，所以他想找侦探的话，想必跟编辑工作有关吧。

没比这更普通又平凡的想法了。

“话虽如此，倒也不是我直接负责的漫画家……你应该还没听说过吧，阜本老师，阜本舜。”

诚如他所言，我没听过。

只不过，既然绀藤先生刻意用上“还”这个字眼，可以推测出大概是接下来会愈来愈有名的新人漫画家吧。

不同于如今已经拥有不动如山的地位、无人能望其项背的里井老师，编辑部相当重视，并对其才华寄予厚望的人物——吧。

“啊，嗯，差不多。只不过，他已经不是新人了。因为他的年纪比里井老师还大，资历也更久。”

“是喔……”

漫画界多半给人年少才子一直冒出头的印象，但在另一方面，这行也有着想熬出头得花上意外漫长时间的倾向。因此，要说是无论年龄地位身处何方，随时都有可能大红大紫的梦幻工作虽也没错，但现实可没这么好过。

固然比起当无业游民好一点儿，但我想那也并非是我能够负荷得了的残酷世界——虽不尽然如绀藤先生刚才讲的那样，但或许也只有像里井老师那种，能把吃苦当吃补的人才会成功也说不定。

“阜本老师这阵子在我们家的杂志开始连载的作品《好到不行》……该怎么说呢，总之是一部让我觉得‘有搞头’的作品。阜本老师的时代终于要来临了……身为总编辑，我可是打从心底满怀期待呐。”

哦哦，绀藤先生的工作很充实呢——瞧他说得这么热切，让我不禁把自己的事暂时抛到脑后，由衷替他觉得高兴。然而，就算得知了漫画名称，没听过的作品还是没听过，所以不好随便发表意见。

再加上光听他这样说，感觉绀藤先生和阜本老师就跟里井老师一样，都处于顺风顺水的状态，根本轮不到我这个没啥能耐，唯独只对该怎么回避麻烦特别清楚的倒霉人出场。

“只是，这几天出了些问题，而且是非常严重的大问题。”

我正疑惑抓不到问题的重点，绀藤先生终于切入正题。

我探出身子，想听个仔细。

到底什么是“与我并非全然无关的烦恼”。

“其实也不是什么前所未见的问题……阜本老师并没有遇上那种几乎每天都会降临在你身上的光怪陆离、史无前例的奇妙事件，而是身为漫画家或小说家……只要是身为所谓的‘创作者’，就不知道什么时候会被卷入的麻烦。既不特别新颖，而且还挺古典的。”

“……绀藤先生，你这话也绕了太多个圈子了，听起来很复杂，很难理解呀！别担心，要是真有必然性，不管是什么样的委托，今日子小姐都会答应的，你大可放心。那个人并不是那种‘若非充满魅力的谜团、匪夷所思的案件就不接’的侦探。更何况她是忘却侦探，一定会保守秘密的。”

基于忘却侦探的特性，若非“一天以内就能解决的案子”，她也不会承接吧。而且前一阵子才因为没能确实遵守这个规则，演出了一场惨不忍睹的悲剧。

虽然对绀藤先生过意不去，要是在我这一关就能判断明显是强人所难的委托，我就会另外介绍比今日子小姐更适合的侦探给他

——毕竟我对那次的事也很自责。

“不，我没有那个意思……说的也是，要是太卖关子，让你产生莫名其妙的期待，也违反我的原意。只是身为编辑，有些难以启齿。”

这种吞吞吐吐的态度实在太不像绀藤先生了——让人产生期待确实是轻佻之举，可是他如此慎重地说了这么多开场白，也很难不让我预设立场，想象那到底是什么天大的烦恼。

不过，当我以为绀藤先生下定决心，终于要进入正题，开始进行具体说明时，他却又跳回前一个话题。

“从头上砸中你的那个初中女生……她是要自杀吧。”

虽然部分新闻报导（或该说几乎是所有新闻报导）里不知为何都会演变成是我要杀她，但至少她“自己从大楼跳下”一事，是无庸置疑的事实。

就我站在截至目前体验过无数宛如推理小说般诡异事件的立场，此时会怀疑整件事是伪装成自杀的他杀，或许也只是理所当然——实际上，我也曾亲身体验过这样的案子，并不是纯靠想象——不过，这次有初中女生留下的亲笔遗书，应该是自杀没错。

如果是计算机打字或是用简讯传的遗书，还有可能是伪造的……但如果是亲笔写的就假不了。

“没错。问题就出在那封遗书上。”

“所以到底是什么问题？”

看在被当成凶手的我眼中，那封遗书可以说是救命的稻草。现在还只是被媒体无凭无据地随便乱写，要是没有那封遗书，我可能真的要背上杀人未遂的罪名——仔细想想，没人规定自杀一定要留下遗书，所以或许我应该还要感谢初中女生为我留下了遗书。

“的确。作为你的朋友，我也应该要跟你一样，深深感谢这一点也说不定……可是，我实在无法感谢她。”

绀藤先生难得以隐含怒气的语调说道。虽然那怒气似乎不是针对我，但我还是不由自主地胆怯。

“此、此话怎讲？”

“那封遗书现在是我……同时也是阜本老师烦恼的根源。不，岂止是根源，根本已经发芽了，长出的藤蔓正把阜本老师捆绑得喘不过气来。”

“呃……”

“问题在于遗书的内容——她在遗书里表明自己是阜本老师的粉丝。”

迟钝如我，听到这里还是满头雾水。不过接下来的这句话，让我总算明白绀藤先生他们揣在怀里的那个烦恼，究竟有多么严重与沉重。

“她白纸黑字写下自己是受到阜本老师的作品影响才自杀的

——还极为周到地，连人物的插图都给画上了。”

4

因为实在看不下去“二手书店员工（25 岁）”被当成涉嫌重大的重要关系人，我没怎么好好地去看新闻及报纸——因此对于初中女生个人的详细情报，和她留下的遗书具体内容，都并不是非常了解。

我只知道她留下遗书，自己跳楼这件事——老实说，比起自己被当成嫌犯的事实，十二岁的小孩选择自杀的背景更让我不忍直视，也不想知道她为何会搞到自杀未遂的理由。

太过于敏感了。

即使那正是造成我住院及失业的原因——然而一想到她现在还在鬼门关前徘徊，就更让我不想深究。只是，没想到遗书内容竟是如此莫名其妙——不，或许不能说是莫名其妙。

毕竟牵扯到人命——不仅如此。

还牵涉到人家的漫画家生命。

没想到在我陷入昏迷的时候，会在绀藤先生身上发生这样的变故……

“并非与我无关……而且还是大大有关，原来是这么回事吗？”

“该怎么说呢……要不是你那个时候刚好走在她坠楼的落点

上，风波可能还会闹得更大吧。”

绀藤先生说道。

是为了让心情平静下来吗？他开始削起自己要吃的苹果。我也这才发现自己一直手拿着绀藤先生削给我的苹果，却迟迟没放进嘴巴里，赶紧连忙咬下一口。

“什么意思？”

我边咀嚼多汁的苹果边问他。

“意思是说，要不是‘二手书店员工（25岁）’成为媒体宠儿，现在遭受世人抨击的，大概就是阜本老师了。”

绀藤先生感叹说道。

且慢，听到这种话，想要感叹的是我好吗。虽说隔了一层，不过我似乎在不知不觉间帮上绀藤先生的忙——这固然令我欣慰，但因此成为媒体的宠儿（正确说法其实是“媒体的攻击目标”吧）却完全称不上是好事。

“我并不是庆幸你成为受到抨击的对象，但我因此得救却也是事实。我以前在你含冤负屈时为你说话，这下子不只是能一笔勾销，还会有剩……剩下来的甚至还足以与国家预算匹敌呐！而且，或许是为了维持把你视为凶手的报导主轴，遗书的内容几乎没有见诸报端。”

是这样吗。

要戴上有色眼镜来看，也可以说是媒体为了陷我入罪，对遗书隐而不谈，当然那之中也有着因为“被害人”是未成年少女，且尚有生命迹象所做的考虑吧。但是万一那天我没站在她坠楼的落点上，她应该早就按照原定计划去向阎罗王报到，遗书恐怕也会公之于众，而炮口肯定会对准在逼她到自杀的“凶手”身上。

亦即——阜本舜老师身上。

“呃，那部影响了初中女生的作品，就是你刚才提到的那部漫画……正在连载中的《好到不行》吗？”

“不，不是。是阜本老师早期的作品。是他在新人时代画的……一篇完结单话，叫作 *Cicerone* 的短篇漫画。”

绀藤先生回答我的问题。

就连正在连载中的作品名称我也是刚刚才知道，所以既没听过这短篇的名称，也完全不知内容为何……至于“Cicerone”这个外来语的意思，我也不明了。

“嗯，那是一篇很少有人能读懂的作品。既然她看过这篇，应该就真的是阜本老师的粉丝没错。有这么热情的粉丝，本来应是件可喜的事。”

“……那是一篇什么样的漫画？”

也不知道该不该问，但如果不问，话题就继续不下去了，于是我下定决心开口问。

“很难用一句话形容……但作品里的确有人物自杀。从某个角度看，要说有无过度美化自杀的描写，也算是有。毕竟当时他才刚出道，是很年轻时画下的作品，所以该说是激进吗……不能否认有些尖锐带刺之处。”

感觉绀藤先生说明起来极为不情不愿——嗯。

我没看过内容，也不便多说什么，但是这样听下来，必定会有人怪罪那篇漫画，认为初中女生是模仿漫画才会自杀的吧。

更别说她不只是个粉丝，还在遗书里白纸黑字写下这件事——若非我被媒体当成嫌犯大肆报导，现在媒体报导的风向一定充满了“漫画带给小孩的不良影响”或“创作自由不该毫无限制”这种了无新意的争论。

光是想象就令人毛骨悚然。

我曾经半开玩笑半认真地诅咒上苍为什么要这样对我，但这是我第一次不带一丝自嘲的意味，真心感谢自己的冤罪体质。纵使用不着如此感慨，光想到如果我没有经过她坠楼的地方，就觉得头皮发麻。

虽说最糟的情况，是倘若当时站在她坠楼落点上的人，并不是具有冤罪体质的我，而是身材娇小一些的其他人，于是那个其他人就和企图自杀的初中女生双双殒命……

届时，阜本老师的漫画——无疑会成为夺走两条人命的舆论抨击箭靶。

无需赘言，身为推理小说的读者，我站在捍卫创作自由的那一侧。但另一方面，也不是说要限制报导的自由，可是也不想让作家们在处处受限的情况下，去将想象化为现实——是我个人的意见。

不，这也称不上是什么意见——就只是感想而已。只是表达我的心情，并未经过深思熟虑。只是我反射性的、欠缺考察的想法——实际上，要是我接触到满载各种露骨歧视的创作，一定也会觉得很不舒服，一定会觉得不该让小孩看这种东西吧。

这个问题是不会有答案的。

毁誉参半是其必然的结果。

如果问我创作物是否会对受众的人生或感性带来影响，答案当然是肯定的——如果有读者是因为看了漫画才成为职业棒球选手或职业足球选手，那么又怎能断定绝对没有读者因此成为不良少年少女或犯罪者呢？

不只是小孩子，就算是大人，也会受到作品的影响，使得人生变好或变坏——这是无法否认的，毋宁说，人们就是为了改变自己的人生，才会去接触、欣赏作品吧。

不管是漫画、小说还是电影，或者是非虚构的现实，人在接触到某些事物以后却没有任何改变，基本上是不可能的。

说得再极端一些，或许也有观众或读者会由于看到抨击我的毫不留情的报导，于是便认为“可疑的家伙受到再多批判都是应该的”也说不定——天底下没有不会对观众造成影响的媒体。

但如果因此装作一副相对主义论者的模样讲些“世事本不分对错”，其实也是毫无意义的——所以，我认为在双方都只能讲出称不上意见的感想时，这个讨论基本上就已经结束了。

人当然会受到周围的影响——这是有道理的，但要是自己的感想被这个道理给驳倒，任何人都无法接受。当然，被说服并不表示就输了。这并不是胜负的问题，甚至也不是价值观的问题。

“……不过绀藤先生，这的确很有可能会造成天翻地覆的大骚动，但幸好已经避开最糟糕的发展了吧？该说是千钧一发……或该说已经作为一个算不上事故的事件结束了……总之，这个问题已经不是问题，不是吗？”

永不结束的议论已经结束了——问题也不再是问题。

毕竟是个盘根错节的问题，虽然很难说是真正解决了，但因为有我这只代罪羔羊，至少可以说是成功避开了问题——纵使不是可喜可贺的大团圆结局，也还算是告一段落了吧。

“不，问题没这么单纯。的确拜你所赐……其实这样说也很怪，问题没有浮上台面。只不过，并非没有浮上台面就诸事大吉了。事情虽没有公之于众，但还是被本人知道了。”

“本人？”

“就是阜本老师本人啊。”

他受到非常大的打击——绀藤先生说。

那是告诉他的家伙不好吧……到底是谁告诉他的！算了，我再愤慨也无济于事，但还是忍不住跟绀藤先生一个鼻孔出气。

“自己笔下的作品竟差点儿夺走小孩子的性命——这让他难过得想封笔，不，应该说让他创作起来很难过。”

真是难笑的双关语。

不过，我明白他的心情——但其实是不可能明白的。

我是没听说过漫画的例子，可是年轻人被小说或戏曲等创作触发进而走上自杀这条路，自古以来就是很普遍的现象——然而即便这么说，也无法带来任何安慰。

受到期待的漫画家被逼入这种困局，也难怪绀藤先生会如此烦恼了——无论是身为杂志的总编辑，还是身为一个人，他都无法不与漫画家共同背负这样的烦恼吧。

他就是这样的人。

可是关于这件事，就第三者的立场能给的建议，也只有“最后还是得靠阜本老师自己度过这个难关”而已——又或者如果他因此不想再画漫画，也应该尊重他的判断才是。

“当然，这一点我也明白。我已经和阜本老师的直属责编一起去劝过他，但最后还是得由本人判断。”

“这样啊，说的也是。是呀，这件事轮不到我置喙……我太多嘴了。实在爱管闲事，真是好丢脸。话又说回来，为什么要告诉我这件事？”

听完整件事，觉得这完全是业务机密——纵使跟我遇到的事息息相关，但是把牵涉到阜本老师去留的遗书内容告诉我，真的没问题吗？

而且一开始不是要我介绍今日子小姐给他吗……虽然听来听去，感觉这仍不是适合委托忘却侦探的案件。

不，不只忘却侦探，无论哪个侦探，都拿这件事没辄吧——因为既没有需要解决的谜团，也没有必须逮捕的犯人。

“确实如你所说，厄介……但这些全都建立在‘我刚才讲的一切都是事实’的前提下。”

“都是事实的前提之下？”

——难道不是事实吗？

我一直是在“都是事实的前提之下”听他叙述的。

只是我这一路走来，也背负过无数名为“事实”的莫须有罪名。就像现在媒体把我当成重要关系人，新闻炒得沸沸扬扬一般，如果告诉我刚才的话都是“捏造”的，我也无法轻易地否定。

没有什么事情是可以确定的——某位完美主义的名侦探曾这么说过。

“嗯……我这么说好像让你误会了。这件事的确是事实。虽然没看到遗书正本，但警方让我看了复印件，也向我透露了一些还没告诉你的内幕——要说的话，阜本老师目前身处的状况，和你置身的状况完全不同。”

“既然如此……”

“可是啊，我总觉得好像有点儿不太对劲。”

绀藤先生这么说。

他虽然用“好像有点儿”来含糊带过，但语气却是完全地肯定。

不太对劲。

是什么不太对劲呢？

“反过来说，其实是太对劲了——一切都太过完美了。我不太会形容，但总觉得很刻意。”

“很刻意……”

有什么……阴谋之类的吗？

为了打压将来要肩负杂志未来的漫画家而进行的阴谋……？有人为了达成这个目的，让初中女生留下那种遗书，怂恿她自杀——是这意思吗？

太荒谬了。

这种故事大纲非但说不上完美，根本就不值一哂——连我都不会有这种被害妄想。

“是呀。当然，我也不是在跟你讲故事，万一那个初中女生真的是因为阜本老师的作品而自杀，我身为总编辑，也不会逃避这个责任——只是，有一股明确的不协调感，让我觉得事情并不单纯。”

不协调感……这实在是太抽象了，感觉并不能作为任何根据，但即便如此，也不能把感觉到的不协调感置之不理。

所以要找今日子小姐吗？

所以才要找掟上今日子吗？

我终于恍然大悟。

绀藤先生的这个委托，是想知道那种不协调感究竟是什么吧……想要知道他自己无法形容，而我光是听他叙述，也完全感受不到的“那种感觉”到底是什么。

当然，如果真的什么也没有，想知道也无从知道起——而就算有什么，今日子小姐也不见得能确实地指出那究竟是什么。

历经里井老师的事，以及之后须永老师的事，绀藤先生大概比“必要以上”更高估今日子小姐的能力。实际上，今日子小姐只是相较之下特别能严格遵守保密约定，倒也不是万能的名侦探。

还有，绀藤先生似乎动不动就想帮我和今日子小姐牵线，实在是他想太多了。虽说这次应该不是那么回事——绀藤先生目前遇到的状况，应该不至于会让他还有兴致来管我和今日子小姐的闲事。

“不不不，厄介。我知道你想说什么，但是我也有我的理由，一定要拜托掟上小姐，不能拜托别人。当然，首先这件事绝对不能曝光，所以希望能在保密的情况下进行。另外与其说是“忘却”，这次我特别重视的,反而是她的“速度”——因此才要找掟上今日子。我很期待掟上小姐身为最快侦探的才能！因为我实在没有时间了。”

“没有时间……？什么意思？”

除了“忘却侦探”以外，今日子小姐的确还有一个“最快侦探”的称号，但为何非要最快不可呢?

事情发生至今都过了一个星期,事到如今,还有什么好急的……

有什么需要“最快”的原因吗?

“我知道阜本老师现在很不好受，但毕竟《好到不行》是在周刊上连载的漫画。”

绀藤先生给的理由极为实际。

他虽然说如果本人要封笔，他也不会阻止对方，但是身为漫画杂志的总编辑，若非到最后一刻，似乎还是不愿让寄予厚望的漫画家就这样退出江湖。

如同侦探要严格遵守保密约定一般——他说。

“漫画家也得严格遵守交稿期限才行。”

第二章 委托的隐馆厄介

1

“初次见面，我是忘却侦探掟上今日子。”

第二天。一如既往，明明不是第一次见面，但依旧伴随着这句话出现的今日子小姐，走近位于病房中央的病床。

“我瞧瞧。”

她紧盯着我的右脚——严格说来，是我的右脚大腿，也就是骨折、打上石膏的部位。

“今、今日子小姐？”

我不知道她在凝视什么，也因为和她的距离突然拉近而感到困惑，提心吊胆地开口问她。

“没什么，抱歉。”

今日子小姐打直方才弓起的背。

“我很向往骨折呢。所以才会不小心看得如此忘我。”

当着骨折住院的人面前，说这种话也太过分了。不过，能够像这样与今日子小姐见到面——能在“初次见面”的情况下，有个适合作为开场白的话题，或许这骨折也算很有价值了。

最好是这样啦。

不过，看来也未必只是为了缩短“初次见面”的距离而说的玩笑话。

“借我摸一下喔！”

也不等我答应，今日子小姐就像在看诊一样，边说边往我右手臂的石膏上摸——怎么了，骨折打个石膏就这么受到欢迎，好像回到学生时代。

或许是为了配合医院这个地方，原本就已经是满头白发的今日子小姐，今天的打扮整体也以白色为基调。上头有刺绣的长裙，搭配长袖的粗斜纹布衬衫，围着薄薄的丝巾——只有镜框是黑色的，特别显眼。

“嗯……真好，真是好帅气。”

今日子小姐一脸陶醉地说道。何以会对石膏如此着迷……她的动作简直像是在仔细检视破案的证据，而我只能任由她摆布。

人的兴趣真是难以理解。

我想我的石膏应该与本案的内容无关……不过在“无反响无加工事件”里，今日子小姐就是靠着遗留在现场的一丝丝线头，成功揪出犯人。

关于这起初中女生自杀案，说不定她还真能从打在我身上的两块石膏中找出令人跌破眼镜的真相——这想法使得我实在不敢贸然问她在干吗。

倒也不是退而求其次，总之我这么问今日子小姐。

“……今日子小姐不曾骨折过吗？”

这么问没别的意图，就只是字面上的意思。

“没有呀。所以才很向往呢。”

她回答时看也不看我一眼，仍然不断地在石膏上东摸摸、西摸摸……话虽如此，也不能对她的回答囫囵吞枣。

因为今日子小姐终究是个很爱以身犯险的侦探，很难想象她过去从未受过伤——就算她以为自己以前没骨折过，可能也只是她忘记了而已。

2

正当今日子小姐全心专注于我手上和脚上的两块石膏时，请容我为大家说明一下忘却侦探的特性。我第一次委托她的时候，她还是个只有知道的人才知道的侦探，最近忘却侦探的知名度与日俱增，或许大家已经听说过她。不过可能也有人已经忘记了——因为是忘却侦探嘛。

置手纸侦探事务所所长——掟上今日子。

虽说是所长，但毕竟是一人公司，她既是所长，同时也是唯一的员工，举凡业务、公关、会计，全都一手包办，亦即没有“华生”相伴的侦探。

这般孤高的侦探，算是非常少见。

当时我就已经很明白她非常有本事，但今日子小姐身为侦探的特色，其实不在其能力。从“忘却侦探”的外号可以得知，她身为侦探的关键词——乃是“忘却”二字。

今日子小姐只有今天。

她的记忆每天都会重置——睡一觉，早上醒来，就会把昨天发生过的事忘得一干二净。

无论参与过什么样的调查、发现什么样的真相——不管是委托人的事，还是凶手的事，所有信息都会从她脑中烟消云散，无一例外。

所有记忆都会被抹去。

严格说来，就从事可以说是以刺探别人秘密、探索社会内幕作为主要职务的侦探业者而言，这一点占有非常大的优势——从完全遵守保密义务这个层面来说，再也没有比她更能拍胸脯保证的侦探了。

实际上，今日子小姐基于这个特性，也承担过不少深入国家机密或国际问题的委托。就算是万一曝光可能会危及性命，一般侦探大多会裹足不前的危险案件，她也能大摇大摆地深入调查。

神奇到如此地步，这一点几乎已经不能说是特性，而是特技了。当然，这样的优势也必然伴随着需要克服的障碍。

每天的记忆都会重置——也就表示无论什么案件，都必须在一天以内解决——因为收集到的证据和建立起来的推理，都会在一天内忘掉。

不管是难解的案件，还是不可能的犯罪。

她是有时限的。

忘却侦探在遵守保密义务的同时，也必须遵守时间限制——否则她无法完成自己的任务。

“最快的侦探”自此应运而生。

因为是忘却侦探而成了最快的侦探——最快的侦探却也是忘却侦探。

无论什么样的案子，都能在一天内解决的名侦探——说穿了，其实是在接到委托时，以“事情能否在一天内解决”作为基准加以判断，只有确定能解决的情况下，置手纸侦探事务所才会启动调查案件。换个角度说，今日子小姐之所以接下调查这件案子——绀藤先生透过我引介的初中女生跳楼案，表示她认为今天之内，就能解决这个盘根错节，看在外行人眼中连该从何处着手都不知的委托。

3

“呼……实在是太令人满足了，谢谢你。”

今日子小姐道了声莫名其妙的谢，总算放过我了。由于冤罪体质作祟，承蒙忘却侦探多次为我解危，但刚才我真的开始担心，自己会不会只是过去恰巧一直没机会发现这名女性其实是个危险人物……所以她能放过我，让我打从心底松了一口气。

看样子，（好像真的就是玩够了，所以显然）把玩石膏并不是她此行的目的，今日子小姐终于进入正题。

“那么因为时间有限，就让我们开始工作吧——你是隐馆厄介先生吧？初次见面。”

她似乎是在不确定我是谁的情况下，在极为有限的时间之中，摸遍了我骨折的部位。

她到底在干吗啊。

顺便再提一下，忘却侦探虽然多次为我解危，但是想当然耳，今日子小姐已经忘了过去为我解危的事——不管是第几次的委托，对今日子小姐而言，我都只是“初次见面”的对象。

如果让我说老实话，像这样每次见面都被忘记，受到的心灵伤害实在很巨大——与蒙受不白之冤所受的打击其实不分轻重。

纵使不论忘却侦探、最快侦探的优势，即使称不上是顶级水平，今日子小姐依旧是能力非常卓越的侦探，但是我之所以每次都犹豫着要不要找她，就是因为不想承受这样的打击。

因此，我只有在无论如何都需要“忘却”或“最快”之时，才会委托今日子小姐——以及像这次这样，有人拜托我引介的时候。

……话说回来，我都还没自报姓名，今日子小姐也说“初次见面”，她为何知道我是谁呢？今天早上打电话委托时，虽然告知过姓名，但她应该还不知道那个人就是我。

或许是我一脸疑问，今日子小姐伸手指向病床的围栏。

“瞧。”

准确地说，她指着的是贴在病床围栏上的患者名牌——除了出生年月日和血型以外，还写着“隐馆厄介”的名字。

说穿了就不值钱——要说这就是“身为侦探需要具备的观察力”，可能也还称不上吧。但所谓的推理，大概就是这种细微发现的累积。

“现在时间是十点十分。”

毫不在乎我还在感慨佩服，今日子小姐看了放在病房窗边的时钟一眼——如她所说，时针与分针正好形成了漂亮的角度。

顺带一提，我们约好的时间是十点。

换句话说，今日子小姐花了整整十分钟把玩我的骨折部位——今日子小姐明明只有今天，我却让她浪费了其中十分钟——让我不禁心生反省之意。

即使那并不是我的错。

“听起来内情似乎错综复杂，行动还得配合日理万机的绀藤先生和阜本老师的行程，这样好了，总之先抓个基准，先以在十二个小时内解决为目标好了。也就是说，让我们在晚上十点以前解决这件事吧！”

“咦……十、十二个小时吗？”

突然揭示这么具体的数字，令我不禁大吃一惊，但是对今日子小姐这位最快的侦探而言，这还算是比较花时间的。

她下午会到作创社的总公司大楼与绀藤先生和阜本老师见面，询问他们详情——这会花掉她非常多宝贵的时间吧——绀藤先生姑且不论，但是要向阜本老师问话，不难想象会是件困难的事，所以她先预留了这部分的时间，真是明智的抉择。

“首先，请让我问隐馆先生几个问题——隐馆先生虽不是直接的委托人而是中间牵线者，但同时也是本案的当事人之一吧。”

“是……是的。”

今日子小姐以看她在把玩石膏时难以想象的干脆利落，极有效率地切入正题。

要说当事人当然是当事人，而且还是一个当时身处在事件中心，差点儿一命呜呼的当事人，所以我对这一点并没有异议。

于是她又接着问我。

“我想先确认一点，隐馆先生，你没有要杀那名初中女生的意思吧？”

真是令人全身无力的问题。

手脚都已经骨折了，还要被问这样的问题，我还要不要活啊——不过，如果要说被这么问是常有的事，还真是常有的事。

看来今日子小姐是打算从我“是否是真的被冤枉”一事开始确认。这并不是针对我，作为今日子小姐身为侦探的基本态度根底的要素之中，似乎原本就有一则叫作“委托人会说谎”的稳固信条。

虽是非常正确，但也有些寂寞。

从我的角度来看，明明已经认识很久，却完全无法建立起信赖关系的关系，充满了难以言喻的徒劳与虚无。

毕竟是忘却侦探，要说无法建立关系是当然，倒也是理所当然……

“在接到电话，来到这里之前，我已经稍微预习过事件内容，由于我看到有部分媒体报导是这么指称的，所以我只是想再确认一遍……请你不要放在心上。”

今日子小姐嘴上虽然这么说，但是看她那样子，明摆着还在等我回答——似乎不打算就这么含糊带过。

“完全没有这回事。”

我也只得无可奈何地回答。

“我当时根本不知道发生了什么事。不只是脑中一片空白，记忆也是一片空白——我只记得当时正要从上班的地方回家。先是听到啪叽一声，像是骨头折断的声音，再回过神来的时候，已经躺在这张病床上了。初中女生从大楼的楼顶跳楼，刚好压在我身上这种简直令人难以置信的事实，我也是听别人说才知道的。”

真是衰到让我不禁仰天长叹——都已经这么倒霉，还不知为何被当凶手看待。后来得知这些莫名其妙的展开之时，别说仰天长叹了，我只能低头垂泪。

“这样啊。我也认为要算准时机，刚好站在她坠楼的落点上实在太不切实际了……看见女孩从天而降，就连要冲过去接住她都很勉强了，更何况还是以伤害她为目的冲上前去。”

“对、对吧？我也百思不得其解，自己为何会被当成嫌犯……”

我不自觉地跟以前一样，对她发出求救信息——明明这次并不是要她为我洗刷冤屈，看来我已经养成习惯，见到她就想求救了。

话说回来，虽然我没马上就对那些报导视而不见，但或许就像绀藤先生所说，那些实在是太欠缺真实性的故事，所以曾经炒得沸沸扬扬的报导，也从前天开始逐渐归于平静。

也或许是打算开始炒其他新闻——媒体本来就是喜新厌旧的。

“可是隐馆先生，你真的没注意到吗？要是你事先注意到有女生要掉下来，应该就能躲开才是。”

她问来语气自然。

要是当时躲开，就算我没事，初中女生也不会没事吧——眼下已经重伤昏迷，要是我躲开了，她就算当场死亡也不奇怪。

只不过，站在侦探的立场，这或许是该问的问题。

当然，我也没有圣人君子到能断言自己就算注意到也绝不会躲开。

正因为我没有注意到，才会发生这次的事。

话说回来，很少有人走在路上会抬头看正上方吧——谁会想到有个初中女生会从头顶上掉下来。

“我明白了。那我就相信你吧！”

今日子小姐说道，似乎接受了我的说词。正当我因为好不容易取信于她而放下胸中的大石时，她冷不防地又开口。

“隐馆先生。”

今日子小姐心中对我仍有疑惑吗？这实在是太令人泄气了。

但事情似乎不是这么回事——如她所言，对我的查证已经结束了，因为今日子小姐接着是这么说的。

“叫你隐馆先生好拗口，以后可以直接喊你厄介先生吗？”

4

今日子小姐只有今天，昨天以前的记忆会尽数消失归零，无一例外——不过，消失的是记忆，体验过的事实是不会消失的。

想当然，我们都认识这么久了，即使头脑不记得，身体也还记得，所以才会想叫我“厄介先生”——但是像这种感性的解读，该说是有些乐观吗？还是过于一厢情愿的猜测？

其实只不过是因为“隐馆先生”比“厄介先生”难发音吧——也或许是基于后者的音节比前者短，少发一个音可以节省一点儿时间这种基于“最快”而形成的理由——也可能只是因为她“今天”刚好心血来潮（抑或只是因为摸到骨折部位，令她芳心大悦），等到下次见面，她的记忆重置，一定又会回到“隐馆先生”的称呼吧。

就只是这种程度的小事。

这种程度的小事，却令我心旌摇曳，但是今日子小姐本人却丝毫也没放在心上，就像是当我已经答应了似的，继续往下说。

“厄介先生，虽然接到你的电话时，已经从你口中听到大致的情况，请让我重新整理一下。”

最快的侦探是不会停滞不前的。

“先把厄介先生受到这么美好……抱歉口误，是受到如此重大的伤害搁到一边，这次要我调查的，是那个初中女生自杀的原因吧？”

“是……是的，没错。”

“初中女生留下的遗书内容，对委托人来说是非常不利的内容，所以想确认真伪，是这么回事吧？”

“……是的，你说的没错。”

没错是没错，但是被她这么一说，好像是我和绀藤先生密谋，要隐瞒初中女生留下那封内容对他不利的遗书，让我反倒觉得有些心虚。

实际上，会被这么解读也是无可奈何的事——既然都有本人亲笔写的遗书了，还要在其上寻求什么——竟然还想寻求其他的“真相”，被视为逃避责任、可耻的行为也不奇怪。

“责任……吗？”

今日子小姐露出意味深长的微笑。

意味深长，而且思虑缜密。

“就算那个女孩子是因为受到漫画的影响跑去跳楼，我也不认为漫画家有责任呢。”

“咦？”

“不好意思，这是我个人的想法。我是侦探嘛，所以只是以法律为出发点思考。假如真有读者受到漫画的影响而自杀，要问罪于作者的话，罪状应该是教唆自杀吧，但恐怕根本不可能起诉。”

……

今日子小姐说这是她的“想法”……可是我觉得这种坚定稳固的想法，说是“意见”也不为过。至少和我心里的“感想”是不一样的。

她这么说，对绀藤先生而言或许是救赎，但是对我来说，还是无法切割得这么壁垒分明。

即使没有法律责任，然而扯到道义上的责任，又是另当别论了。甚至只是今日子小姐刚刚举的这个例子，用法律去切割究责的行为本身，就可能会招致情绪性的反弹。

“啊哈哈。真要这么说的话，‘道义上的责任’这个词也很诡异呢——唉，说不定今时今日早就已经有这种法律，只不过是我忘记罢了。焚书和禁书，在历史上也不算少见。”

无论如何，要解决创作自由规范的问题，只有今天的忘却侦探显然是应付不来的。

今日子小姐耸耸肩，把被岔开的话题拉回来。

“我能解决的，也就只有这次的案子而已。”

当然，这样就够了——在这里讨论“限制创作自由的法律”或“打压创作自由的风气”并没有意义。

不过，关于创作自由的问题，大概到了今天下午，今日子小姐就会和本案最关键的当事人阜本老师讨论到这一点吧……

到时，希望今日子小姐不要说出太尖锐的话——我现在就已经好担心。

今日子小姐的外表虽然一如所见般稳重，但或许是由于她那种“反正到了明天就会忘记”的心态，今日子小姐在交谈或辩论的时候，有时会完全不知轻重。

我一点儿也不觉得她用这种态度去面对已经钻牛角尖到想要退出江湖的阜本老师会是理想的状况……

对自责的人说“你根本不用负责”这般全面否定他心情的建议，可能会让对方更紧闭心门，认为“你根本不懂我”。

事情到时不知会怎么发展。

“我希望你能先答应我，我这次要执行的任务终究是调查，就算结果不如委托人绀藤先生的意，我也不会歪曲报告的内容。唯独这一点，请你务必要理解。”

“啊，好的。这一点我当然能够理解。我也没有要拜托你捏造调查结果的意思。”

也有侦探扬言这是业务的一部分（人称其为“捏造侦探”），但我很清楚今日子小姐绝不是这样的侦探——更何况，绀藤先生必定是比任何人都不乐见如此卑劣的行为。

站在编辑部、出版社的立场上，要怎么应对是另一回事，万一促使初中女生自杀的原因真的跟过去曾发行的作品有关，他也不会逃避这个事实——那个人就是这种人。

因此——应该要正视的是他感觉到的不协调感。

感觉不太对劲——一切都太对劲了。

总觉得有些刻意——

再度回想绀藤先生说过的话，我仍然不懂他的言下之意，或许他想委托今日子小姐调查的不只是事件的真相，也想透过她的调查，同时查出自己感受到的不协调感究竟是什么。

“啊，如果是那样，我心里已经有底呢！”

冷不防，今日子小姐轻描淡写地说出这句话。

“是喔，这样啊，已经有底了啊……啊啊？你说什么？”

因为她说得太过于自然，我险些左耳进右耳出。

她刚才说了什么？

“你、你说你心里已经有底……是什么意思？”

“就是我心里已经有底的意思啊。我在预习的时候，就已经想通绀藤先生说的话了。是呀，关于这一点，我也大表赞同……整件事情充满了不协调感。能察觉到这一点，真不愧是专业的编辑，感性很丰富呢。”

……

要这么说的话，专业侦探的感性也很丰富——看来今日子小姐在见到本人以前，就已经掌握住绀藤先生感受到的不协调感是什么了。

如此一来不是光靠预习就能下课了吗——最快的侦探也把看家本领发挥得太淋漓尽致了。

“那、那种不协调感，难道是可以用言语明确地形容的吗？不仅仅是凭感觉的……”

“因为是不对劲的感觉，所以是感觉上的问题，但还是可以用言语明确地形容喔！我想应该可以有条有理地说明到某种程度。”

连绀藤先生都无法用言语明确形容的“不对劲”，她却可以有条有理地说明吗——这一点实在太令人难以置信了。

“嗯……该怎么说呢。我并不清楚绀藤先生的为人，但我猜他其实心里有数呢。据我的猜测，他应该不是‘无法用言语形容’，而是‘难以用言语形容’吧。”

“是吗……？”

我不是很明白“无法用言语形容”与“难以用言语形容”之间的细微差异……倘若绀藤先生已经察觉到那股不协调感是什么，应该不会委托今日子小姐才对吧？

……附带一提，今日子小姐说她并不清楚绀藤先生的为人，但他们其实已经见过好几次面了。

只是她忘掉了而已。

“请告诉我好吗？那股不协调感究竟是什么。”

“我要是现在回答你这个问题，等于是要逼我上午和下午各说明一次同样的推理，所以请让我留到下午再来一次说清楚吧。”

今日子小姐嫣然一笑，斩钉截铁地拒绝了我的要求。

对于重视速度的侦探而言，要浪费时间说明两次同样的推理，似乎令她难以忍受到要用“逼”这种字眼来形容。

下午见到绀藤先生和阜本老师的时候再一次说清楚。这固然是很合理的作法，那么把时间浪费在把玩我的石膏又是怎么一回事……

“机会难得，厄介先生也试着推理一下如何？因为光靠厄介先生手边的信息，就已经可以建立起某种程度的推测了。”

“好、好的……我努力看看。”

我不认为努力就能有什么结果，但是她都这么说了，我也只好接受。

“只不过，光是掌握到不对劲的感觉是什么，身为侦探，实在不能说已经工作了。因此，既然已经整理好委托内容，差不多该采取行动了，厄介先生。”

“咦？采取什么行动……”

“因为我是行动派，不是安乐椅神探……我们可以边走边说吗？”

要是安乐椅神探，现在动不了的我才是演侦探的吧……

话说回来，我很清楚今日子小姐是行动派的侦探。不仅如此，她还是一个静不下来的人，一旦移开目光，就不知道她会跑到哪里去。

对脚骨折的人说“我们可以边走边说吗？”实在是很残酷的发言，但这时我想就不要太计较了——只是，如果要动身前往作创社，时间是不是太早了一点儿？

和绀藤先生约好的时间是下午一点——现在还没十一点。从医院到作创社，再怎么拖拉也用不着三十分钟吧——就算要在路上共进午餐，这个时间出发也还是太早了。

既然如此，与其在路上边走边说，不如坐在这个病房里厘清一些细节比较好不是吗？再怎么追求速度，要是无谓超速造成欲速则不达，可就毫无意义了。

今日子小姐应该比谁都了解这一点。

“不不，不是要直接前往作创社哪。我想先去现场取证。就是厄介先生幸运……喔不，是不幸骨折的地方。也就是那个初中女生——逆濑坂雅歌小妹妹跳楼的商住混合大楼。”

能掌握未曾对外公开的未成年初中女生姓名，与其说是预习有成，应当是她身为侦探的调查能力使然——然而，我完全没想过要去现场取证。

虽说是未遂，毕竟有个小孩试图自杀，因此说重大仍是很重大的案件，可是也没有所谓推理小说中的事件性，一般说来并没有现场取证的必要——只是，今日子小姐似乎不这么认为。

我不知道有没有必要，但是舍不得把时间浪费在说明两次相同推理上的今日子小姐既然说要去，想必有她的道理吧。

如果她要我带路，我没理由拒绝。

“可是今日子小姐，去作创社以前，那个……如果还要绕去初中女生跳楼的地点，时间会很紧迫喔。因为方向刚好相反……”

“哎呀，这种小事。”

今日子小姐不以为意地说。

“不要吃午饭不就好了吗？”

第三章

带路的隐馆厄介

1

如果要彻底地节省时间，在移动时最适当的交通手段应该是出租车吧。可是忘却侦探今日子小姐，基本上不太喜欢在进行调查的时候搭乘出租车——因为车里有录音、录像的行车记录仪。

对以严格遵守保密义务，到了隔天就会把一切忘得干干净净为行动宗旨的今日子小姐而言，想尽可能避免工作中的动线被巨细靡遗地记录下来，也是无可厚非——不过要连行车记录仪都避开，似乎也有些神经过敏，然而毕竟今日子小姐是以“忘却”为卖点，就连笔记也不太抄的侦探，会有这样的顾虑，或许只是理所当然。

虽说如果能的话，真希望她也稍微考虑一下要求骨折伤员带路这件事，但是如此这般，我们还是选择搭电车去案发现场。

因为之前也提到，我的身体状况其实已经可以出院了，所以主治医师轻易地批准我外出。但伤脑筋的是，没有适合我身高的拐杖——不，有是有，却是旧型的拐杖，只是我连右手都骨折了，实在很难驾驭。

不过，倒也不是不能用，那么只好将就一下了……正当我要放弃挣扎的时候，今日子小姐走到正要下床的我右手边这么说。

“别担心，要是你以为我是对带路向导毫不贴心的侦探就错了。”

她似乎打算用自己的身体来代替拐杖。

“哇！呜哇……”

“别客气，尽管把体重全部放在我身上。别看我这样，我的身体还蛮强壮的。”

这样的确是可以很轻松地行走没错，但我何德何能让今日子小姐为我做到这个地步……原想严词婉拒，可是在发现今日子小姐一面支撑着我的体重，一面不着痕迹地偷摸我右脚和右手的石膏时，便打消了这个念头。

我甚至多疑地猜测她之所以决定要搭电车移动，其实只是为了充分把玩我打上石膏部位的借口，但现在可不是追问这件事的时候。

或者说，我也不想知道那么多。

“那么，就请你带路了。”

“好的……从这里到现场搭电车只有三站，但是要到车站就只能这样直接走过去。”

“求之不得。”

求之不得……

由于如此两人步步紧挨着身体，走在路上挺引人注目，我总觉得很害羞，但今日子小姐似乎丝毫不以为意。

这一点该说她是太没有戒心吗……一般人看到我打着石膏，大概只会觉得今日子小姐非常体贴入微地照顾我吧……算了，至少不会看穿这名女性迷恋骨折的意图，这样也好。

“说到带路——被初中女生写在遗书里提到的那部阜本老师的短篇作品，标题就是这个呢。”

“咦？是这样的吗？”

如同今日子小姐刚才所言，我们边走边说。

和她的距离实在太近——根本是紧贴着没有距离，这令我脸红心跳，完全没信心自己是否能好好说话。

如果我记得没错，阜本老师的短篇应该不是这个标题。

可是，只要是在记忆重置前的一天以内，忘却侦探的记性乃是正确无比，是我这种人完全比不上的。

如果这是她“预习”的成果，应该不会错……而她之所以又回到用“初中女生”来代称跳楼自杀少女的名字，大概是因为我们已经离开病房，走到外面来了。

可能会被别人听到——这份用心是对的。

很难说没有媒体记者跟着我这个案件当事人——就算没有狗仔跟着，我那动不动就被卷入事件的冤罪体质，也传闻早就被公安盯上了。

……倘若传闻是真的，不知道看在他们眼里，与满头白发的女性相依偎走出病房的我是什么德性。

“可是我记得……绀藤先生告诉我那部短篇漫画是叫作什么切

切，还是罗涅之类的……”

“那也没错呀。‘Cicerone’是意大利文，意思是‘带路的人’——作品中用来指死亡之旅的导游。”

原来是这个意思啊。

我原本不知道那是什么意思——还以为说不定是作者自己创造出来的词汇——原来标题的含意这么具体。

绀藤先生说那部漫画里头有过度美化自杀的描写——今日子小姐在“预习”时，也已经看过了吗。

我问。

“是的，我已经看完一轮阜本老师的作品了。因为量也没那么多。”

今日子小姐答道。

一如往常，她看书的速度还是快得非比寻常……照绀藤先生所说，阜本老师的资历应该不算低，所以我想数量依旧不会太少。

“……有什么感想？”

“什么？”

“啊，没有，我是说，实际看了那篇作品之后……呃，那是什么样的作品呢？”

因为想要避免明刀明枪的说法，所以问起来主旨很暧昧。我原本想问的是那本漫画的内容——会不会让人看完以后想要自杀，可是又觉得这样问太没格调，所以不敢说太多。

只是，对身为侦探的今日子小姐而言，根本也不需要多说——只见她稍微沉思了半晌。

“这个嘛……关于《死亡带路人》的事情，同样也留到下午再谈吧——让厄介先生在未读状况下先听到我的感想，产生不必要的成见也不太好。”

“是、是喔。”

我并不打算看那个短篇……只是身为相关人士，不看这部作品就想为这件事画下句点，或许是不够有诚意。

去作创社的时候，是否该跟绀藤先生借来看呢……我的阅读速度虽然远不及今日子小姐，但既然是短篇作品，应该连五分钟都用不到。

正以为这个话题会在此告一段落，今日子小姐却接着说。

“举个例子，你知道梦野久作老师的《脑髓地狱》当年发表时的宣传文案是‘看了就会发狂’吧！”

不会是——要跟我闲聊吧。

在一分一秒都舍不得浪费的行动之中，她应该不会有“与人畅谈推理小说”这种卖弄学问的闲情逸致。

我也看过《脑髓地狱》，但是不知道还有这个文案。

“……可是，实际上并没有读者真的发狂吧？”

“没有。至少官方没有发表过这样的事。”

这方面今日子小姐的记性算是靠得住的——因为像《脑髓地狱》这么久以前出版的书籍逸事，应该是在今日子小姐无法累积记忆以前的知识。

“我也没发狂呀。”

今日子小姐边说边玩弄着我身上的石膏，而这种行为让她的这句话着实欠缺说服力……至于我本人也有起码的自觉，没因为看了这本书而发狂。

“只不过，看了那么伟大的名著，要是人生没有受到任何影响，不得不说是感受性出了点问题。”

今日子小姐断言。

用上“不得不说是”这么强烈的字眼，总觉得似乎加了一些身为书迷的情感。

说实话，《脑髓地狱》那本书对我而言太难了，有很多我看不太懂的部分……现在再看一遍的话，感想又会不一样吧。

走到车站，于是我们去买车票。

基于跟不搭乘出租车相同的理由，今日子小姐工作时也不用储值卡——因为会留下记录。

即便因此要多花一点儿时间，但是这么点时间，还在最快的侦探能够马上弥补回来的误差范围内吧。

很幸运地电车仿佛配合我们一般，在抵达月台的时刻刚好进站

——我真心希望不要因为去现场取证，结果耽误到跟绀藤先生约好的时间。

“请坐。”

今日子小姐终于放开了我——好不容易重获自由，我却因此感到遗憾，也真是太任性了。

不过，拖着有两处骨折的身体移动，比想象中还要消耗体力，所以能坐下真是谢天谢地。要当巨人的拐杖，今日子小姐肯定也不轻松吧，只见她在我身边坐下，伸了个懒腰。

“呼……”

然后闭上了眼睛。

“啊……呃，请不要睡着喔！”

我也不忍心对因为撑着我才累得要死的她说出这种话，但是眼下只能狠下心来——要是让她在这里睡着的话，事情就不好了。

记忆每天都会重置的忘却侦探。

到了第二天早上，就会把昨天以前的体验全部忘光的特殊体质——说得再精确一点儿，其实是“一觉醒来”记忆就会重置的意思，即使是打盹或午睡，结果都是一样的。

如今在电车的摇晃下，万一不小心睡着，就算只有一瞬间，不管是我的委托、对这件事的预习内容——还有在预习时便已经领悟到绀藤先生心里那股不对劲的感觉究竟从何而来的觉察，都会全部忘得一干二净。

这是身为忘却侦探最不该发生的情况，却也是最有可能发生，必须提高警觉的情况……

“没问题，我昨晚已经睡饱了。”

今日子小姐嘴上虽是这么说，但仍旧从椅子上站起身来——或许还是担心坐着会睡着也说不定。

话说回来，由于她不可能记得自己何时就寝，所以今日子小姐昨晚到底是不是真的睡饱了也很难说……睡眠时间充足与否，感受毕竟是因人而异，有人睡足了十个小时还是很困，也有人只要眯上一个小时就能睡意全消——她昨天接到的委托也可能是拖到半夜才解决。

无法顺利调整何时睡、何时醒，是忘却侦探的致命伤……毕竟，睡意这种东西是无法控制的。

“如果要写赏善罚恶的故事，必然会在善之外描写到恶吧。如果要描写强烈的善，就必须也强烈地去描写不相上下的恶。很难保证读者能完全不受到这个部分的影响。”

一度中断的话题突然又卷土重来，令我一下子反应不过来。

不过，只要聊天就不会睡着吧……

“你的意思是说，所谓的好书……例如优良读物之类的书，也不见得只会带给读者好的影响对吧？”

于是我附和。

“是的。甚至可以假定完全不描绘恶的故事，反而会带来不好的影响。看了一堆写给儿童看的甜蜜爱情小说名著，以为男孩子个个都是温柔又帅气、具有绅士风度又体贴女性的王子——抱着这样的印象进入社交圈，可是会吃大亏的不是吗？可能会被梦想与现实的落差给生吞活剥喔！”

以假设来说，这说法带有奇妙的真实感，让人觉得十分写实。倘若这是今日子小姐成为忘却侦探以前——十几岁时的插曲，那我可真是听到弥足珍贵的故事了。

她被生吞活剥过吗……

“这部分也可说是育儿……或说是教育的难处吧。孩子往往不会按照大人的期望长大。”

“啊……嗯……也是呢。”

她虽然举了优良读物当例子，但是像我在念小学的时候，根本不会去看父母或老师推荐给我的书。

要说的话，反而还比较爱看会令大人皱眉的漫画或卡通——而阅读推理小说时，还会被挖苦嫌弃“你怎么看这种杀人的书”（现在回想起来，那或许正是孕育我冤罪体质的温床），我却觉得很不可思议，大人为什么要排斥这么有趣的故事。

明明每个人都曾经是个孩子，为何会不懂孩子的心理呢？当时的我百思不得其解。

“啊哈哈。正因为每个人都曾经是孩子，才会不懂吧。”

“咦？今日子小姐，这句话是什么意思？”

“哎呀，因为每个人小时候，大多都不会太正经呀。说‘单纯’只是讲起来比较好听，正因为每个人都曾经历过愚蠢又思虑不周的小时候，才会认为必须限制不好的书问世啊！”

“嗯……”

说得这么直接也太露骨，虽然她笑容可掬、语气爽朗，但其实是非常辛辣的指责……可是想起自己小时候，的确也不能说她错。

谁都不能说她错吧。

“人生是从模仿父母开始的，所以父母或许不希望孩子跟自己在同样的地方跌倒——但要不由分说地否定这种心情，其实也挺不讲理的。”

“不、不讲理吗？”

真是出人意表的发言。

从截至目前的谈话听来，我还以为今日子小姐会反对把虚构的故事当坏人看的论调——看样子她看事情没有这么片面。

“先不论阜本老师的作品内容如何，总括而言，我认为可能会诱导读者自杀的书籍是存在的——借由高明的创作技巧，将自杀或殉情描写成‘高尚’‘凄美’的行为以动摇读者价值观的故事，乃是作为不可动摇的事实确实存在世上的。”

仿佛像是为了印证我的猜测，今日子小姐说道。

“创作者本人受到小说的内容影响，自己选择走上绝路的案例，放眼世界也不在少数。在这方面，文学的影响力是不容忽视的。可是，如果真要踩着这一点追究作者的责任，就必须要能证明‘至少有百分之五以上的读者看了作品后自杀’之类，具备显著差异的统计资料才行。”

读者的数量愈多，其中存在着会做出反社会行为之人的几率当然也随之升高——假设在某个罪犯的书架上发现了一本犯罪小说，到底是那本书促使那个人犯罪，还是那本小说太有魅力，使得反社会人格的罪犯都无法抗拒呢——想要确切掌握真相其实很不容易。

虽然我想今日子小姐指的并不是这种假设性问题，而是更实际的数据。

“的确，不见得所有看过足球漫画的人都会变成足球选手……”

“是呀。就像不是所有人看过风花雪月的少女漫画，都能谈一场浪漫的恋爱。”

她对少女漫画描写的爱情好像很有意见……今日子小姐的少女时代究竟是怎么度过的？

“当然。”

今日子小姐接着说。

“也不是任何人看了推理小说，都能成为名侦探。”

有道理。

这是比起看了推理小说而成为凶手——还要更难以达到的结果吧。

2

因应今日子小姐临时提出的要求——为了善用空当时间，决定进行现场取证——既然如此，虽然完全是个人私事，但有件事情我想趁这个机会顺便处理一下。

不，用“顺便处理”这种说法可能有点儿不太恰当，因为这实在不是我的本意——这本来不应该是顺便解决的事。

纵使我不是最快的侦探，那也是只要有机会就必须尽快使其尘埃落定的优先事项。

我的离职手续。

其实初中女生从大楼楼顶往下跳的那栋七层商住混合大楼，就是我上班的地方——位于一楼店面的二手书店“真相堂”。

那是一家很传统，专门买卖推理小说的二手书店。

面积约四坪的店内，琳琅满目地摆满了二手书，店里全由老板一个人打理，亦即所谓个人经营的二手书店。期间虽短，但我曾经在这里工作过。

就在我下班，离开书店回家的时候，初中女生从天而降。

一找到工作，就会因为职场上的纠纷而蒙受不白之冤，每次都要侦探来为我洗刷冤屈，但结果还是待不下去，甚至被炒鱿鱼——这种莫名其妙的恶性循环一天到晚发生在我身上，使得我事实上可谓没什么选择职业的自由——但“真相堂”却是我非常积极、主动选择而得的工作。

绀藤先生或许会说这是“脚踏两条船”，但对我而言，重点则在于这家店是“专门买卖推理小说的二手书店”。

作为备忘录，最近正在把自己体验到的不可思议、难以理解的纠纷写成文章的我，内心亟欲提升自己对悬疑推理的造诣。时下热门话题的畅销作品当然要看，但也想看更多现在不容易弄到手的推理小说。

于是我打算找一份兼顾兴趣与实质利益的工作，而非常神奇的是，这个原本像是纸上谈兵的妄想还真的实现了。

不只是二手书店，经手书籍的职场多多少少都需要肉体劳动（纸张很重），所以在应征这份工作的时候，像我这么庞大的身躯可能发挥了优势——不需要梯子，就能轻易伸手够到书柜靠近天花板处的身高，想必是老板求之不得的好帮手吧。

与其说是我的热情感动了老板，如此解释应该比较接近现实

——可是若真的是这样，手脚都骨折的我在这家店里，等于已经派不上用场了。

当然，雇佣契约一旦成立，只要我死缠烂打，不管是骨折也好，还是媒体对我投以怀疑的眼光也罢，老板都不能解雇我，但我不打算这么做——我不想给如愿进入的职场带来困扰。

光是差点儿死在店门口，就已经给店里带来太多的麻烦了，即使在无凭无据的怀疑目光全部朝我袭来的风头浪尖上，老板也从未接受过媒体的采访——我想以诚意回应他这样的态度。

因此，当我们抵达位于距离医院三站远的商住混合大楼时，我和今日子小姐便约好分头行动。

今日子小姐先上楼顶，而我则绕去二手书店“真相堂”。

“你一个人可以走吗？”

今日子小姐担心我。但是要在今日子小姐搀扶下到店里说我要辞职，也不太妥当吧——即使“专门买卖推理小说的二手书店”这个关键词，似乎让今日子小姐很感兴趣。

“那么，待会儿在楼顶集合。”

今日子小姐走进大楼——这是一栋没有电梯的老旧大楼，要爬到楼顶很耗费体力吧。不过，今日子小姐既然有体力一路支撑我的身体，七层楼的楼梯对她来说应该只是小菜一碟。

方才把话说得冠冕堂皇，但心中其实也有一部分只想赶快办完烦心事。我独自绕到大楼的另一侧，走向二手书店“真相堂”。

本来因为才刚发生过那样的事，心想搞不好老板没开门做生意，看样子是照常营业。也是，如果是事发当天，警方或许会在案发现场的人行道拉起封锁线，不过这里毕竟是人来人往的大马路，不可能一直禁止通行。

这么一来，正往楼顶去的今日子小姐应该也能畅行无阻吧。我边想边推开手动拉门，走进“真相堂”的店内。

果然还是照常营业，老板就跟我还在这里上班的时候一样，在柜台收款机前板着一张脸，翻着应该是商品的二手书。

我默默办完离职手续——虽说错不在我，但实际上也的确给店里带来了困扰，我早已做好心理准备要接受对方的抱怨，可是这预料却落空了。

另一方面，我心里也有淡淡的期待——说不定他会挽留我——但是这个期待同样也落空了。

这也难怪，毕竟我也没做多久——我提到改天还会把围裙和伞归还，老板说就当是临别赠礼送我。拿这些东西作为遣散费似乎也过于随意，不过也罢，至少可以留作纪念。

留下一句下次再以客人的身份来光顾，我不多做停留，拖着骨折的脚走出店外。

听老板说，虽然店名没有曝光，但是乘着报导的势头，营业额也曾经一度提升，这让我觉得稍微好过一些。

搞不好这只是难以取悦的老板善意的谎言——或该说是蹩脚的谎言。

“因为我们家是专门做推理小说的二手书店……发生那样的事，反而值得庆幸呐！”

原来也能这么想。

这话固然有失慎重，但如此不屈不挠的商人精神也很令人佩服——我打从心底希望老板从今往后，也能继续这样守护推理小说文化。

3

总之，又圆满恢复待业之身的我拖着骨折的右脚，千辛万苦地爬楼梯来到楼顶时，惊见今日子小姐正在跨过栏杆——而且因为她是穿着裙子在跨栏杆，再也没有比这个更没家教的行为了。

太危险了。

“今……今……！”

我下意识地想叫住她，却又急忙掩住自己的嘴——在这种情况下出声，要是把她吓到，恐怕真的会掉下去。

尽管受到惊吓的是我。

我多想不管三七二十一地冲上前去，用尽全身的力气，不由分说地从背后抱起今日子小姐，将她拖回栏杆的内侧。但是我有一条腿骨折，无法冲上前去，还有一只手骨折，也无法抱住她。

再加上刚刚才辞掉工作，涌上的只是强烈的无力感——这时，今日子小姐已经跨过栏杆，转身面向我这边。

“啊，厄介先生，辛苦你了。”

还一派悠闲地招呼我。

我不需要招呼，我需要解释。

“事情办好了吗？顺利辞职了吗？”

“嗯，办好了，非常顺利……”

好奇怪的对话。

辞职哪有什么顺不顺利的……嗯，算是有吧。

工作并不是想辞职就能辞职的——借由亲身经历，我很清楚这一点。

要说的话，这次还算是圆满离职。

虽然遍体鳞伤，但至少没和雇主起争执。

我解释完这些，就又像是刑警正在说服随时都要纵身往楼下跳的自杀者似的，战战兢兢地向她问道。

“那么，今日子小姐，你又在做什么呢？”

今日子小姐满不在乎地站在栏杆的外侧，可是她脚下的空间，几乎只有她的脚掌那么宽。

要是稍微失去平衡——就算平衡感绝佳，只要刮起一阵强风，可能就会掉下去了。

这么一来，会被当成是追随那个初中女生而去吧。刚好又出现在现场的我，这次可能真的会被冠上令检调单位正式出动的嫌疑。

正当我满脑子都是“被当成杀死名侦探的凶手”这种恐怕是最糟糕的未来预测之时，今日子小姐却丝毫不管我的忧心，突然冒出了一句离题十万八千里的话。

“追随而去吗……那也会被说成是受到故事性的影响吧。”

好像也不是太离题?

“可是这么说来，或许人类这种生物，不管有没有什么理由，都会想寻死呢。”

“想……想寻死？”

“该说是自杀欲望吗？无论是大人还是小孩子,任何人都有‘想死’的欲望吧。”

“呃……”

我实在无法附和她的说法，但是在心理学上的确有“死亡本能”这个名词——原本是指破坏自己的本能，也可以翻译成自杀欲望。

厌世心态。

人本脆弱，不知道会因为什么契机而命丧九泉——当然，这股冲动有时也会压抑不住，表现出来。

若是如此，对于自称动机是为了想被判死刑，进而犯下重大刑案的凶手内心潜藏的冲动，可能就无法只用一句“莫名其妙”来带过——那也不过是多到令人厌烦的“常有的事”。

只是冷静下来一看，才发现今日子小姐只是跨过栏杆，并没脱下靴子——光看这一点就很清楚，她（虽说是想当然耳）并没有要追随把鞋子摆好再跳楼的初中女生而去。

换句话说，这个危险行为只是侦探活动的一环——不是要追随而去，是要重现现场。借由实际跟初中女生站在同一个地方，或许就能发现什么也说不定——亦即今日子小姐惯常的“试过才知道”。

话虽如此，看起来还是很惊险——我虽然松了一口气，但是为了不要刺激到今日子小姐，还是以缓慢的步伐（因为一只脚骨折，就算没有刻意放慢脚步，动作也会自然而然地变得缓慢）靠近她。

“我不在的时候，有什么新的发现吗？”

我问得笼统，只见今日子小姐用手扶着脸颊，发出“嗯……”的声音，露出思索表情。这动作真的好可爱，但是可以的话，我希望她能把手一直扶在栏杆上。

“现阶段还没有什么称得上发现的发现……硬要说的话，只搞清楚一件事——逆濑坂雅歌小妹妹是真的想死。”

“……什么意思？”

或许是因为楼顶上没有其他人，今日子小姐再度直接提及初中女生的名字——听她加上“小妹妹”反而更觉得赤裸裸，让我再次深刻地感受到，这是发生在现实生活中的事，不是小说或连续剧。

逆濑坂雅歌。

十二岁的少女。

留下遗书，跳楼自杀的孩子。

这个名字，含有无法用“初中女生”这个类似记号的说法一言以蔽之的人格。

“没什么，只是站在这里，就能体会到七层楼高的大楼还真高啊。从这里摔下去，就算是头上脚下，铁定也会一命呜呼。”

我觉得……这种事就算不用站在那里也能体会得到……

“所以应该能排除为了发泄自杀欲望而自导自演的可能性。这说不定是很重要的信息。”

“是吗……”

我是不知道有什么重要的，总之先跟着点头——要是问些不该问的，害今日子小姐不小心没踩稳就糟了。

现在也不是讨论问题的时机。

但这下子，我还真是像个在阻止别人自杀的刑警了。

“可是今日子小姐，虽然你说掉下去就没命了，事实上她……逆濑坂小妹妹不也捡回一条命吗？”

“没错，不过那是因为厄介先生刚好走在她坠楼的落点上。”

“难道没有她‘打从一开始就打算找人当肉垫才跳楼’这种自导自演的可能性吗？以会得救为前提的自杀行为……”

“没有吧！就算比柏油路柔软，人体毕竟不是跳跳床。就算下方有人当肉垫，一命呜呼的几率还是比较高。实际上，逆濑坂小妹妹目前也仍是处在称不上‘得救’的危急状态吧？”

说得没错。推理小说看太多的坏习惯，不小心就开始卖弄起理论来——是呀，我和她能捡回一命，真的都只能说是奇迹。

一想到我的身高如果再矮一点儿——不，如果我不是这么人高马大，可能就没有机会在二手书店“真相堂”工作。这样的话，也不会在回家路上遇到这个灾难。

如此一来，与其说是奇迹，一切也或许都是机缘巧合。

机缘巧合，却苦无结果。

“的确，是不能完全排除看准人高马大，似乎具备肉垫机能的路人经过时才往下跳的可能性——但从这里，只能看到下面行人的头顶呢。”

今日子小姐灵巧运用她脚下那狭小的空间来个一百八十度转身，重新往马路上看。

“加上七层楼的高度，根本无法看出路人的身高——更何况，厄介先生是很高没错，但没有什么肉呢。”

要拿来当肉垫，厄介先生并不是最好的选择——今日子小姐反手抓住栏杆，试图从楼顶再把身体探出去一点儿。我很欣慰她终于肯抓住栏杆，但又不是做体操表演，真希望她不要把身体前倾到四十五度那么大的角度。

“如果是我的话，我会选比较有肉的人来当肉垫吧！尽管如此，还是很有可能无法得救，两个人都死掉就是了。”

“喔……”

虽说是我先丢出假设才引发的话题，但她想到的可能性也太可怕了……不过尝试从各方面去思考，应该也是身为侦探的业务。

“话说回来，十二岁的逆濑坂雅歌小妹妹也有可能根本没想这么多，满心以为只要有肉垫就能得救。或许只是抱着游戏的心态往下跳，根本没有考虑到肉垫会有什么下场。”

这也太蠢了，蠢到根本不需要费唇舌讨论——当然，也不能说绝对没有这种可能。

这是看太多推理小说的人常会产生的误解，现实的案件或真实的人物犯罪时，既不会想太深，也不会有什么计划性。

我所经历过的无数案件，绝大部分都根本没有写成文字的价值，多得是“一时失手”的失败体验。

听今日子小姐的口吻，似乎不怎么把这个可能性放在心上——比较像是为求谨慎，顺便提一下的感觉。

为什么?

一开始说没想到自导自演这个可能性的人明明是我，但是现阶段，我也想不到否决这个可能性的要素。

相反的，我甚至觉得“看了歌颂自杀的漫画，受到影响的小孩想玩‘自杀游戏’然后失败了，而且还拖累路人（我）”这样的故事固然愚蠢，但也不是完全没有说服力。

“不，从这里可以看得很清楚，这附近还有很多高度比较低的六层楼或五层楼的大楼。要是只想玩玩的话，应该会去跳那些大楼吧。”

是这样吗?

当然，并不是所有的大楼楼顶都能开放外人上楼的，但如果是自导自演的自杀，会选楼层比较低的大楼的确是人之常情——这也是另一个能够佐证并非自导自演的强力根据。

若说这是跨过栏杆才能看到的视野，那么今日子小姐的现场取证果然有其价值——可以的话，我希望她等我上来之后再跨过栏杆。

只是对于最重视速度的侦探来说，也许根本没有“等人”的概念……

“好了，时间差不多，该去作创社了。”

今日子小姐收回四十五度角的姿势，再度跨过栏杆，打算回到我这边。

要是她一直那样挂在大楼楼顶，就算没有掉下去，可能也会被路上的行人发现，引起轩然大波，所以她总算愿意收手真是谢天谢地——然而她要跨过栏杆的动作实在是特别危险，令我看得心惊肉跳。

但要是随便伸手去拉她的话，说不定反而会发生意外，所以我也只能眼睁睁看着。

那果然不是穿着裙子时该做的动作——于是，今日子小姐停下正要跨过栏杆的脚。

“厄介先生，可以请你稍微转身背过去一下吗？”

只见她扯了扯裙摆，将整个走样的长裙恢复原状。

“不、不好意思。”

“没事没事。”

也不能只是眼睁睁地看着。

趁着今日子小姐面露的还是笑容，我连忙转过身去——但是因为我实在行动不便又过于慌张，使得转身的速度慢了一秒。

所以——我不小心看见了。

不是看见内裤。

而是在今日子小姐跨在栏杆上的右脚大腿内侧——刚好是我打上石膏的部位——有一行用签字笔写的文字，一闪即逝地映入我眼帘。

那是今日子小姐的笔迹，而且这么写着——

“如果不是自杀的话？”

4

对于身为忘却侦探，近乎神经质地避免留下记录或痕迹的今日子小姐而言，唯一例外的备忘录，就是她自己的肉体。

她用自己的身体当笔记本。

把最基本、不能忘的事情写在这个笔记本上，借此保持记忆的一致性——否则一不小心在电车上打个瞌睡，醒来的瞬间就会陷入不知今夕是何夕、自己是何人的恐慌。

因此，今天在她身体的某个角落——大概是腹部，或是手臂——应该也写着以下的文字。

“我是掟上今日子。侦探。每天的记忆都会重置。”

看到这句话，她就能知道自己是谁了。

这也可以说是一种自保的方法——为了对付试图让忘却侦探睡着、忘记推理内容的坏人“攻击”。

所以，不光是关于自己的基本数据，今日子小姐有时也会在身上写下乍看毫无头绪，却是与案情有关的提示。

这次理应不存在试图要让今日子小姐睡着的敌对势力，但是可能因为一直扶着我有些累了，在电车里感到疲倦的同时，也产生“可能会在调查时失去记忆”的危机感吧……慎重起见，才会事先把现阶段关于这个案子的见解写在大腿上。

或许是在与我分头行动的时候……像是在商住混合大楼里爬楼梯上楼时，向遇到的人借了支签字笔之类的。动作敏捷到视线一离开她身上，就不知道她会做出什么事——真不愧是最快的侦探。

我还担心她会不会一不小心打瞌睡就忘记来时路上预习的一切，原来本人早就已经做好预防措施——真是太可靠了，让我只能再度赞叹真不愧是今日子小姐。只可惜，我完全看不懂那句话的意思。

“如果不是自杀的话？”

太片段了，不知所云。

当然，在此非得是不知所云才行——因为“事件簿”自不待言，亲手留下受托内容的具体记录，是身为忘却侦探的大忌。

尽管还不到暗号的地步，也得把备忘录控制在只能触发灵感的关键词程度。

毕竟我不是今日子小姐，会看不懂这句话的意思，也是理所当然的——只不过，竟然会写下“如果不是自杀的话？”这么一句。

就算看不懂意思，也可以推测得出来。

这句话必定是针对跳楼自杀的初中女生，逆濑坂小妹妹的描述——如果不是自杀的话？

如果不是自杀？那就是意外事故……不。

她把鞋子摆整齐，也留下遗书。

要认为是意外事故也太牵强了。

这时，应该也要把自导自演却失败的可能性——不是意外事故，而是广义的自杀——考虑进去，这么一来，到底是怎么一回事呢？

该不会，今日子小姐认为这个案子……

认为这个案子不是小孩子自杀，而是第三者杀人吗？

杀人案——可是，少女的鞋子整整齐齐地摆在大楼楼顶上，遗书也是她亲笔写的……我背对今日子小姐，试图用混乱至极的脑子整理出一个脉络。

不对，把鞋子摆好这种事，其他人也做得到。可是亲笔写的遗书呢？我虽然不知道内容，不过毕竟是本人写的……嗯，慢着，如果是“让”本人写的呢？比如说用胁迫的手段，或是巧妙的骗术……对手是个小孩子，想来也并不是办不到。

如果是这样，“受到阜本老师的漫画影响而跳楼”的故事，很可能只是一个幌子。

很刻意——而且太过完美。

绀藤先生是这么说的。

这就是他感受到的不协调感吗？

“让你久等了。”

当我还身陷在思考的漩涡之中，今日子小姐已经平安跨过栏杆，从背后贴近我的身体——看来是想再度以身体作为我的拐杖。

“接下来，还请你继续带路吧。”

“好……好的。”

问不出口。

老实说，我很想问她那行“如果不是自杀的话？”究竟是什么意思，也应该问她万一是杀人案，她是否已经有嫌犯是谁的头绪，但是我问不出口——一旦问出口，就等于承认我刚才看到她的裙下风光了。

别说是不打自招，是一问就中招。

因此，除非今日子小姐主动说明，我实在无法刺探那行笔记的意图。

只不过——唯一能确定的是。

比起我，最快侦探的思考早就已经远走天边。

即使像这样并肩而行，两人之间的距离——依旧是遥不可及。

第四章 静听的隐馆厄介

1

“为了孩子们”这个冠冕堂皇的理由之所以比较容易为人接受，我想今日子小姐说的也是正确答案之一——只要想唱反调，随时都可以讲出像模像样的意见，然而这种心态同时也是经历过失败的大人，嫉妒天真无邪的幼童所释放的反作用力，并不能一概否定，但也不能一概肯定。

扯上所谓“创作自由”这种应有权利让事情会变得复杂，所以假使只单纯针对父母经常挂在嘴边，像是“看太多漫画成绩会退步”这种典型意见来讨论，也能明显看出这话绝不是正确的，并没有反映真实情况。

当然，只看漫画，成绩当然会退步，这一点无庸置疑——但这并不是因为漫画不好。就算不看漫画，成绩也不会进步，如果不更进一步——把看漫画的时间拿来念书，成绩一辈子都不会进步。

不管是打游戏、还是做运动，都是同样的道理——基本上，所有念书以外的行为，都是念书的绊脚石。

另一方面，一味念书，就不会玩耍——满脑子只有成绩，将无法培养沟通的能力，最后成为染指犯罪的精英分子，可以说是不胜枚举。

如同一味念书会变得很会念书，如果一味地看漫画，大概也会变得“很懂漫画”吧——于是乎，他们迟早会成为漫画家。

2

虽然还轮不到我说三道四，身处问题核心的漫画《死亡带路人》作者皐本舜老师，是个跟印象中截然不同的人。

听说他因为这次的事受到打击，甚至还考虑要封笔，所以我擅自以为他是个敏感、纤细，可能还有些神经质的人，但是在作创社的会议室里看到的他，却是一位比我看起来还要干练可靠百倍、体格壮硕的男人。

别说纤细，给人的第一印象整个就是豪迈。

由于见过里井老师，我先入为主地认定漫画家是自由职业，以为他们都对服装不讲究，但或许是要与我和今日子小姐这些素昧平生的人见面，皐本老师可是一身休闲又不失正式的打扮——浓密的胡子与其说是刻意而蓄，更给人修剪得很有品位的感觉。

“初次见面，我是漫画家皐本舜。”

他这样打招呼的声音也很粗犷，外表看起来像是个相当强势的人，而我也真的被他震慑住了。不过，如果可以从外表判断一个人，那么身高超过一米九的我，给人的压迫感应该更大吧。

“初次见面，我是忘却侦探掟上今日子。”

不同于我，今日子小姐毫无惧色，巧笑倩兮地递出名片，深深低下她满头白发的头——然后朝向站在阜本老师身边的绀藤先生，也以同样的方式自我介绍。

“初次见面，我是忘却侦探掟上今日子。感谢您的委托。我会竭尽所能，请多多指教。”

以初次见面的寒暄而言可以拿满分，但阜本老师也就算了，这已经是今日子小姐第四次见到绀藤先生了——想当然耳，绀藤先生对她的老毛病也见怪不怪，回以无懈可击的问候。

“初次见面，我是总编辑绀藤文房。我才要请你多多指教。”

接着，所有人围着会议室中央的长桌坐下。

作为带路向导也好，作为中介角色也罢，仔细想想，当今日子小姐与绀藤先生见到面，我肩负的这两种任务就都已经结束，其实没有必要再列席这场会谈。不仅如此，身为局外人，或许我这时候还应该要识相离开才对，可是我竟然（或该说是“我果然”吗）不小心错失了离席的时机。

即便不是公司内部的机密，也是相当复杂的问题，所以站在阜本老师的立场，应该会希望我这个来路不明的巨人能够识相地离开吧……虽然我觉得很过意不去，但是搞到全身两处严重骨折的我，显然已经卷入这次的事件，所以也不能说完全是局外人吧。

换个角度看，我也可以算是阜本老师那篇漫画的间接受害者——这样的话，我可得小心点，以免不小心触及这方面的尴尬话题。

至于绀藤先生，他应该只是希望阜本老师能收回封笔宣言吧——希望我在这里，不会造成他不必要的压力——不过或许绀藤先生的想法正好相反，之所以允许我同席，就是为了要对阜本老师施加压力。

他就是这么有谋略的人。

否则不会这么年轻就爬到总编辑的职位。

当然也可能是单纯觉得让今日子小姐搀扶我来公司这件事很有趣……正当我想着这些有的没的时候，绀藤先生的部下，也就是阜本老师的责编取村小姐端着茶进来——待她把茶杯放在每个人的面前，自己也就座之后，今日子小姐迅速切入正题。

“那么关于绀藤先生的委托——我想先来说明一下，您感受到的不对劲究竟是什么。”

果然是最快的侦探。

话虽如此，对于从上午就被这件事吊足胃口的我来说，不免感觉有些姗姗来迟，但选在此刻发表却也的确是最佳时机。然而当我屏气凝神，准备来洗耳恭听名侦探突然揭开序幕的解决篇之时。

“请等一下。”

阜本老师却阻止她——妨碍名侦探演说，在推理小说里可是不容许发生的暴行，但他是最直接的当事者，想必不能忍受自己还没进入状况，话题就自顾自地进行下去吧。

不能忍受自己只是一个听众。

“我不知道绀藤先生是怎么说的……可是我不想再追究这件事了。”

“嗯？‘不想再追究’是指？”

解谜篇虽然被打断了，可是今日子小姐一副丝毫没放在心上的样子，还反问回去——看起来也有点像是在装傻。

今日子小姐可能有她的考虑，故意……说不定是想不着痕迹地，跳过与阜本老师之间或许会横生枝节的应对。

“就是说……听起来可能有些自暴自弃，但我想说的是，既然我都要封笔了，就不需要再麻烦侦探小姐了。”

“阜本老师……这件事还……”

绀藤先生正想说点什么来安抚漫画家，却被阜本老师从中打断。

“我知道这么做很对不起绀藤先生和取村小姐，给你们添麻烦了。但是，我必须负起责任来才行。读者看了我画的漫画跑去自杀，我实在无法淡然处之。实在没办法厚着脸皮，在今后的日子里继续画下去。”

“呃……”

阜本老师把话宛如连珠炮般倾吐而出，他似乎不是一时的感情用事——倒是能感受到他强烈的决心——那也正是我最欠缺的东西，所以尽管我打从一开始就没有发言权，却也真的什么都说不出口。

只是，为什么呢？

嘴上是说必须负起责任，但是他的态度反而让人觉得有些不负责任，连他提到不能再继续画漫画时的口吻……想必是苦涩的决定没错，可是也有一点想借此获得解脱的感觉。

“我今天来到这里，其实只是为了给照顾过我的编辑部一个面子……请谅解，我已经对漫画……”

“阜本老师。”

换今日子小姐打断阜本老师说话——完全形成主导权的争夺战。

这一喊，让阜本老师满脸诧异，面向今日子小姐。

“我拜读过最新一期的《好到不行》了，好好看喔！”

只见她以心无芥蒂的笑容说道。

“我觉得贯穿整部作品的主题真的非常棒。借由少年漫画这个媒体，去描写对将来的绝望和醒悟实在很有挑战性，而且我觉得这个挑战也成功了。内容当然也很棒，不过作者的这种态度更是令我大受感动。即便是以小孩为目标读者，但也是连大人都能看得很开心的奇幻作品。”

“那、那真是……谢谢你。”

没想到会突然被评价起作品，而且还是赞不绝口，阜本老师虽然面露困惑，但还是不免害羞地低头致意。

预习发挥作用了……

我不确定能否对今日子小姐的感想照单全收——里井老师的时候也是这样，今日子小姐终究是一名从事服务业的侦探，当然多少具备在人前要恭维几句的处世智慧。

明明记忆无法积累，倒是意外地老于世故……不过，在这儿扯漫天大谎也没有意义吧。所以，她对作品的感想应该真的是相当正面。

结果因为先跑去现场取证，抵达作创社时，就已经很接近约定见面的时间，使得我完全没有机会翻阅阜本老师的作品，人就坐在这里了。但看样子绀藤先生对阜本老师的评价——很有才华，将来有望大红大紫——似乎并不是过于夸大。

正因为如此，绀藤先生才会使出浑身解数——不惜雇用侦探——也希望他能收回封笔宣言吧。

“如果看不到那部漫画的后续，我会非常遗憾的，孩子们一定也会很失望，大受打击的读者里肯定又会有人跑去自杀吧！”

今日子小姐以赞美时的平静口吻，轻描淡写地说出惊世骇俗的话——隐含在“孩子们”这词汇里的浓烈恶意，令我悚然一惊。

但最为吃惊的，还是阜本老师。

“届时你要怎么负起责任来呢？”

“我、我是说……”

装作若无其事而抛出的这个问题充满了恶意，逼使阜本老师不得不向绀藤先生投以求助的目光。

他大概很想呐喊“这个人要怎样”吧。

这个问题的答案无非是就“忘却侦探”四个字——因为到了明天就都会忘记，所以这个人跟谁都能杠上。

“这个嘛，说肯定会怎样倒是不至于啦。”

绀藤先生苦笑着打圆场。

对于已经不是第一次委托今日子小姐的绀藤先生而言，这一点冲突或许还在他的预料范围之内——说不定他还更期待这种肆无忌惮的气氛。

要真是这样，这个人比我想象的还要有肚量。

“只是，读者的确不会闷不吭声地接受阜本先生封笔吧！从我的角度来看，还是希望老师能想想自己的影响力。”

“我就是考虑过影响力才……”

阜本老师重新打起精神来说道。

“不怕你们见笑，我以前画漫画的时候从未想过这件事。我应该更早去思考这件事的。没好好去想过是我的错。我本身很喜欢漫画，从小到大都在看漫画，也就这样成为漫画家，可是对于漫画带给读者的重大影响，却毫无自觉——我真的应该好好反省。”

他说得这么诚恳，让人也很难反驳他——实际上，这也是进行创作时无法回避的一面。

“就算是打棒球，也有被触身球砸到头的风险呢。”

今日子小姐从旁插嘴。

这次则是完全无视阜本老师的“好好反省”。

“相信‘健全的肉体能培养出健全的灵魂’于是去学柔道，仍可能会因为比赛发生的意外而丧命；补习到很晚才回家的话，走在夜路上被车子撞到的风险也会增加吧。会让孩子们死亡的风险到处都是，有危险影响力的绝不仅限于漫画。”

“……你是要我看开，不当一回事吗？十二岁的小孩看了自己画的漫画，受到影响从大楼楼顶往下跳，你却要我当作什么事都没发生过吗？”

可能是真的怒火中烧，阜本老师气势惊人地猛然探出身子，隔着长桌逼问今日子小姐。换成是我，遭受这等压力绝对会感到退缩，但是不用说，今日子小姐还是一脸云淡风轻的模样。

“我不是创作者，所以无法给这个问题正确的答案，但要是我站在阜本老师的立场，也绝不会当作什么事都没发生。”

她平静地回答。

“我会铭记在心，然后将这个体验运用在下次的作品里。”

阜本老师呆若木鸡，默默收起探出去的身子坐回原位——绀藤先生似乎也没想到她会这么说，同样目瞪口呆。就算她是局外人也说得太过，连我也无法赞成她的谬论——然而话说回来，今日子小姐本人对这说法究竟有多少是认真的，我也不清楚。

感觉她只是故意提出一个极端的论调，以便硬生生地结束这场论战——无论如何，至少忘却侦探成功借此控制住了场面。

“因此阜本老师，请先别说不想再追究这件事，还请你务必听听我的说法——好好听我说，好好彻底了解一切。那么，绀藤先生。”

掌握住主导权之后，今日子小姐面向绀藤先生说道。

“可以告诉我，那个女生留下的遗书具体内容吗？”

3

这是为了自杀的自杀
为了我所爱的死而死
飞翔能让人成为天使
千万不要难过
请祝福我的完成

将这死亡献给我的死亡带路人

阜本舜老师

4

警方让绀藤先生看的遗书是复印件，也禁止他再复制或拍照。

因此，以上文字是仰赖绀藤先生记忆写出来的内容，当然也无法重现初中女生亲笔写下的笔迹——不过，绀藤先生既不是忘却侦探，又身为干练的编辑，他的记性应该是靠得住的。

顺带一提，听说若是照客观的审美标准来看，遗书的笔迹是歪七扭八，最后加上的插图也相当稚拙。

最大的问题，在于她白纸黑字写下了“死亡带路人”和“阜本舜老师”这些字眼——不存在任何得以有不同解释的空间。

“句子也几乎都是引用自那篇漫画……根本是原封不动地抄下了一开始的五行诗。”

今日子小姐语带玄机，颔首说道。

“老实说，只看这个，完全无法揣测那名初中女生是个什么样的人物呢——感觉不到个性。”

绀藤先生暂且不论，或许是认为不该在阜本老师面前直接讲出跳楼女生的名字，所以今日子小姐姑隐其名，陈述自己的感想——其实我觉得她这样刻意不提到名字，又更加抹杀了少女的个性。

“那根本不重要吧……重要的是，有一个女孩模仿我的漫画，想要成为天使这件事啊。”

阜本老师自虐地说。

可能尚未从今日子小姐给他的震撼中恢复过来吧——不过尽管他的声音有气无力，但似乎还是不改其主张。

“想要成为天使……吗？”

“是的……侦探小姐刚才讲的都很有道理。身为创作者当若是——但是我没这么伟大。我只是因为会画图、喜欢漫画，才成为漫画家——请不要对我的人格有那么崇高的期待，我心中完全没有那种崇高的志向。”

我只是做我想做的事，并没有想那么多——阜本老师继续说道，对眼前今日子小姐意味深长的颔首，可以说一点儿反应也没有。

不只是今日子小姐，他似乎也是在对绀藤先生和取村小姐说这些话。

“你们也知道，政府不时就会把漫画视为眼中钉，每每想要插手管制的时候，不是都会有些大名鼎鼎的老师为了捍卫表现自由，站出来大声疾呼吗？像是创意会因为受到管制而萎缩、漫画文化会衰退……之类的。但我可不认为每个漫画家都有像他们那样崇高的志向。至少我就只是个单纯觉得看漫画、画漫画很有趣，才当漫画家的人。我可没有在被人讨厌、受人辱骂的情况下，还能坚持创作的毅力。我不认为自己是在搞文化这么伟大的事，因为有趣才做的事，一旦感到无趣，就应该收手……凭良心说，我也不认为管制是那么糟的事情，在以前表现手法还比较自由的年代里创作的老漫画，也不见得就比现在的漫画有趣。‘没有管制的时代比较好’这种言论，跟老头子口中的‘以前比较好’又有什么两样？”

漫画家本人都这么说了，旁人也不好再说什么。虽然我个人觉得现在的阜本老师，才是处于“萎缩”的状态——但又觉得自己的这种反论，怎么想都太肤浅了。

管制并不等于恶。

说当然也是当然。

举例来说，我这一整个星期都被媒体当成凶手看待，要是在更早之前，被管制比较松的那个时代播放的八卦节目盯上的话，我受到的伤害绝对不止这样吧——不夸张地说，说不定会被逼到自杀。

拿活人献祭、未审先判、将被害者家属的祖宗八代都挖出来的时代播出的新闻或许比较精彩，但我可不认为那是媒体报导应有的正确态度。

不过会这么想，也是因为我是冤罪体质，感受多少夹带了些被害妄想，严格说来，新闻自由与创作自由或许不能用同一套理论来阐述……

只是关于创作者与记者的“志向”，应该有很多可以探讨的共通点吧。

“受到严格的管制，从而孕育出新的表现手法，不也是一种真理吗——法律与自由的攻防，其实也不过是一种原地踏步的游戏。要是犯下把创作自由这项权利以为是权益的错误也有些……不过，会觉得现在的漫画比以前的漫画有趣，窃以为那是因为后出现的比较占优势而已。”

今日子小姐只是轻轻耸了耸肩——这个人是没有同理心吗。

“请放心，读者根本不在乎创作者的人格。不管你是什么样的人，不管你是基于什么样的动机创作，只要作品好看就行了。比起作品受到批判，人格受到批判根本是小事一桩。”

“呃……”

“好了，阜本老师是否要封笔，请你们稍后再自行讨论——可以让我先做正事吗？”

阜本老师心不甘、情不愿地点了点头——嗯，这场面恰是“不管今日子小姐是什么样的人，只要是侦探就行了”的状况。

倘若今日子小姐能从那封棘手的遗书里解读出其他的意思，阜本老师就没有理由封笔了。

“绀藤先生，你是觉得那封遗书的内容不太对劲，所以才来委托敝事务所吧。可以容我说明那股不对劲的感觉是什么了吗？”

今日子小姐这次乖乖地请求许可。绀藤先生当然点头。

“麻烦你了。”

虽是重要的会议，但不管是今日子小姐还是绀藤先生，都不希望浪费太多时间。在这里跟两人交换意见之后，今日子小姐或许还得继续调查。

期限为晚上十点。

还剩大约九个小时。

“从结论而言，留下遗书、跳楼自杀的那个初中女生……”

今日子小姐说到一半，想了一下。

“太长了，好拗口，接下来我会稍作省略。”

如同从“隐馆先生”改称我为“厄介先生”，她大概是想换成比较简短、好念的说法。的确，就算要将姓名隐而不表，在时间有限的情况之下，口口声声“留下遗书、跳楼自杀的那个初中女生”也太浪费时间了。

“遗少女——不对，遗言少女。”

今日子小姐创造出逆濑坂雅歌的代名词——还挺简洁的。

念起来也非常顺口。

只是，由于起了一个代称，少女也确实被微妙地赋予了个性——但是代称终究只是代称，还是要小心，不要因此产生先入为主的成见。

当我还在思考这些时，今日子小姐开口了。

“遗言少女跳楼的动机，与阜本老师的短篇漫画作品《死亡带路人》毫无关联。”

她的语气仿佛只是在纯粹陈述事实——总是用网罗各种可能性再予以各个击破的方式进行推理，习惯在说明前后加上“我认为……”“……可以这么想”的今日子小姐很罕见地，完全没有留下任何其他考察余地斩钉截铁地断言。

“请……请你不要信口开河，掟上小姐。或许你是想安慰我……”

她那断定的语气反倒让阜本老师感到焦躁，气急败坏地起身这么说。顽强的态度甚至让人感受到怒气，像是在传达他不想听到那些口头上的安慰。

的确，看过遗言少女的遗书内容之后，居然还做出这样的推理，未免太破天荒了。

“有什么根据吗？”

绀藤先生安抚着阜本老师坐下，一边这么问今日子小姐——对绀藤先生而言，今日子小姐提出的结论应该是他梦寐以求的答案，但从他不打算轻易接受这个推理的反应，看得出他的谨慎。

“就算没有根据，我也不会对遗书内容照单全收。看了你传达的遗书内容，首先可以分成两种情况。①遗书内容是真的。②遗书内容是错的。”

迟来一步的各个击破——今日子小姐开始进行分类。

① 遗书内容是真的——② 遗书内容是错的？

错的？

“……掟上小姐，我可以理解①，但是②里‘错的’是什么意思？”

“我的意思是，遗书里虽然写着‘献给阜本舜老师’，但不见得是真的要献给他啊！”

“咦……什、什么意思？”

这句话的意思其实很明白，但显然是绀藤先生完全无法想到的观点——他在这方面非常单纯。

至于从小动不动就遭到怀疑，性格发育极度扭曲的我，反而唯有在此，比较能理解今日子小姐的意思。

“因为那篇遗书几乎只是把作品里的句子抄下来，没有任何想法也能写不是吗？”

“写……写是可以写出来……”

没错，这并不需要文采或思想。

任何人都可以依样画葫芦——就算完全没有自杀愿望的我，也可以写得出来吧。即使没见过阜本老师，纵使连一格他的漫画都没看过，想要写一句“献给阜本舜老师”还是能写。

“你的意思是说——遗书内容是她……是遗言少女的谎言吗？”

“这么一来，必须把情况分得更细一些。亦即‘②遗书内容是错的’又有两种状况。Ⅰ·遗言少女是真的这么想。Ⅱ·遗言少女说谎。”

“是真的这么想……什么意思？”

“意思是她明明因为其他理由自杀，本人却一厢情愿地这么想。”

“我觉得这跟①没什么太大的差别……”

“不，完全不一样。被害人认定是凶手的人，不见得一定是凶手吧？死者留下的死前留言，也不见得总是能指出真相。”

即使以推理小说为例，阜本老师依旧一点儿概念也没有，只见他侧着头，表示不解。

看他这样，或许是觉得自己解释得不够清楚，今日子小姐又补充。

“你想想看，就像欺负人的人并没有那个意思，可是只要被欺负的人认为自己受到欺负，那就是所谓的霸凌不是吗？这是正确的见解，但是如果让我讲得坏心眼一点儿，这种作法同时也伴随着一定的风险。无条件且无限制地接受被害人说词的制度，极有可能会成为冤罪的温床。”

身为冤罪体质，这是我的切身之痛。

以这次的案子来说，连我也认为不该对至今还躺在医院里，仍在鬼门关前徘徊的十二岁少女留下的遗书内容有丝毫怀疑——少女已经伤痕累累了，还要被这样怀疑，应该会更受伤吧——但是仔细想想，她是否命在旦夕，与遗书内容的真伪一点儿关系也没有。

可能是她误会了——也可能是她说谎。

“因此，应该先尽全力审视她留下的遗书内容。审视其真伪。”

“……Ⅰ的状况我可以理解。”

阜本老师试探地说道。

他的样子看起来，就像是在害怕会看到做梦也没想过的恐怖真相。

“那个女孩子以为自己是受到我的漫画影响，但其实潜意识里的其他理由才是真正的理由……你是这个意思对吧？”

“嗯……”

今日子小姐不置可否地露出微笑。

大概是有些不一样吧——但可能还在误差的范围内，所以她也想听过就算了——或许是为了顺利进行下去，没有特别说什么。

“总觉得这像是有人受到霸凌，学校却声称‘无法断定霸凌是自杀的原因’的意见一样，令人无法释怀……”

阜本老师没注意到今日子小姐的反应，径自陈述着自己的看法。

“那么，Ⅱ又是什么情况呢？我比较搞不懂的是这个部分。”

他这么问今日子小姐。

“你说遗言少女说谎……在遗书里写谎话，有什么意义吗？”

因为想做自己喜欢的事才成为漫画家——因为有趣才画漫画，一旦无趣就应该收手——就某个角度来看，这么坦白的阜本老师也是很单纯的人。

原先没有想到这么多，不过一旦得到这样的提示，像我这样的人，反而能一下子就反应过来。

“有的，当然是有意义的——其意义也可以分成两个面向。”

“又……又是两个面向吗？”

“其实大概可以分成二十种，但是为了化繁为简，才说只有两种。”

今日子小姐说着分不清究竟是认真还是开玩笑的话。

“α·遗言少女对阜本老师怀有恶意。β·遗言少女对阜本老师没有恶意。”

这次是 α 跟 β 吗？

“恶意……对我吗？”

“因为像这样被自杀者在遗书上指名道姓写出名字，阜本老师不就会很伤脑筋吗？实际上，你也说要封笔了——另外作为参考补充一下，我虽然省略不表，但也可能是对作创社有恶意。”

今日子小姐做出这样的结论，绀藤先生静静地掩着嘴角——大概是在掂量今日子小姐说的可能性有几分。

“找麻烦……吗？不，可是，那孩子可是以身相殉啊？你是说她不惜性命，也要找我的麻烦吗？”

“到底是拼死也要找你的麻烦，还是寻死时顺便找你的麻烦，这一点又要再细分了……”

至此，我终于明白今日子小姐为何要实际站在案发现场的大楼楼顶上，研究是否为自导自演了——不只是为了验证“自杀游戏”，今日子小姐当时也在验证这会不会是为了找麻烦而施行的“假装自杀”。

只是验证结果似乎排除了这个可能性……我应该已经习惯今日子小姐各个击破的推理，但也开始混乱起来了。

“如果是怀有恶意的 α，又可以分成两种情况。”

今日子小姐继续细分下去。

“甲・遗言少女恨阜本老师。乙・遗言少女不恨阜本老师。”

这下是甲乙吗……

我开始感到不安了，该不会反而是分类的项目符号先用完吧。

“怨恨……？对阜本老师吗？”

绀藤先生面露惊讶。

“没错，也包括不合理的怨恨。”

今日子小姐说道。

“也就是说，遗言少女认为阜本老师对她做了‘什么’，想要报复——所以留下那样的遗书以泄愤。”

“是吗……那、那个‘什么’……到底是什么？”

“再下去又会有无数的可能性了，多到连我都无法掌握。阜本老师，希望你能告诉我，你不会是以前就认识遗言少女吧？”

“不，我才不认识！”

阜本老师连忙否定这个突如其来的问题。

因为否定得太过慌张，这使得否定看起来反而可疑——只是，如果被人这么怀疑，不管是否真有其事，任何人都会紧张吧。

“这样啊。那么只要针对情况乙进行说明就够了吧。乙・遗言少女不恨阜本老师。简言之，阜本老师是知名人士，所以才成为恶意的目标。”

因为是知名人士，才成为恶意的目标。

……怎么搞的，在跟着今日子小姐细分选项的过程中，反而把“献给阜本舜老师”这句遗书内容给人的印象翻转了一百八十度。

本来是希望得到“十二岁的小孩并不是因为受到阜本老师的漫画影响而试图自杀”的结论，但讨论似乎往更无可救药的方向发展。

“什么知名……我只不过是个没什么名气的漫画家……”

阜本老师嘴上说得谦逊，但或许是因为这个可能性比“十二岁的少女对自己有私怨”更容易接受，阜本老师并未强硬否定。

累积一定资历的漫画家，过去不可能完全没支付过成名之人避无可避的成名税。

“A▪遗言少女是阜本老师的粉丝。B▪遗言少女不是阜本老师的粉丝——如果没有私怨，倒可以考虑这两种可能性。”

今日子小姐继续把讨论往前推进——编号来到A、B之后，整个就像是考试的选择题了。

只是，这组选项令人费解。

怀有如此强烈恶意，不可能还是粉丝吧——虽然我这样想，但是一反刚才的针锋相对，绀藤先生和阜本老师似乎比较能接受这样的假设，因此两人皆未提疑义。

粉丝才会怀抱的恶意。

在漫画业界里，或许很常见。

绀藤先生面露为难，催促今日子小姐往下说。

“原来如此，我明白带有恶意的情况了。那么，掟上小姐，若是没有恶意的情况……可以请你倒带一下，回头说明 β 的情况吗？”

这也可以说是为了阻止今日子小姐继续没完没了地提出分歧选项。

“对阜本老师没有恶意，会做出这种事情来吗？这样不就是单纯来找麻烦的吗？”

“目的不同。嗯，该说是目的吗，或说是目标呢—— α 的情况，是遗言少女的视线由始至终都看着阜本老师，β 的情况则是为了要将第三者的视线，转移到阜本老师身上。”

“欸……？”

“为了不想让人知道自杀的真正动机，刻意准备了一个虚假的动机——于是利用了阜本老师的名字而已。写下‘自己是因为阜本老师的漫画而死’的遗书，借此隐藏真正的理由。”

遗书里写的不尽然都是事实——更何况是在本人不想写出真相时。

遗言少女对阜本老师没有恶意——说穿了，就是“换成其他人的漫画也无所谓”的意思。

原本觉得最糟糕的可能性是“怀有恶意的粉丝故意陷害阜本老

师”，但是这种没有恶意的“谁都可以”，想想其实也是糟得不得了——因为没有恶意反而才真是糟透了——实在是令人哭笑不得的结论。

“‘受到漫画的影响而自杀’这样的说辞——该说是还算浅显易懂吗？或说是一则简单明了的事例，抑或一种容易接受的因果关系——总之是一个很难让人再继续深究的动机。”

的确——听到这句话的时候，我根本不会再去想其他的可能性。

身为一个正常人，面对自杀未遂少女留下的遗书，潜意识里的确有种认为不该去怀疑其内容的想法，“受到漫画的影响”这样的故事情节，好坏姑且不论，确实极度具有说服力。

如果连这动机也是编出来的故事。

不是恶意，而是刻意……

“是否受到影响完全是内心的问题，所以很难看穿这个谎言吧……”

绀藤先生苦恼地说。

而且是本人自陈，所以更是难以洗清的冤情——就算想要逼问遗言少女说出真相，她现在也因身受重伤而昏迷当中。

虽然不愿这么想，但她要是就这样死掉，真相将永远葬送黑暗之中。

“掟上小姐……那，遗言少女自杀的真正动机到底是什么呢？

她不惜说出这样的谎言，也想要掩盖的真正原因究竟是……”

“目前还不清楚。”

相较于提示分类选项时的细致，这个答案显然是很粗糙，这也难怪——既然少女企图掩盖，想必就还未见光。

“家庭失和、校园问题、交友关系——会让小孩试图自杀的常见原因，大概就是这些了吧，感觉这些也是一般人比较容易接受的‘故事’呢。”

基本上在现阶段，一切都只是假设，也还不确定情况 β 是否即为正确解答——如果一开始的分歧①才是正确的话，目前正在进行的分歧分类就全是徒劳。

由于今日子小姐讲到现在，几乎都是在延伸②的可能性，现在“遗言少女的自杀与阜本老师的作品无关”好像成了前提，但其实她并未提出任何根据可以佐证这个一开始就提出的“结论”。

“如果只讨论可能性，要多少有多少吧。够了，侦探小姐，你就不用再安慰我了。”

阜本老师似乎也注意到这一点，摇摇头说。

“真是如此，责任根本不在于我——反倒我才是被害者——讲这种可能性只不过是用来逃避责任而已，你根本什么证据都没有。”

“可是也没有证据可以证明是阜本老师必须负起责任啊。”

“所以我说，像这种想法本身就是逃避责任。现阶段最为确切的事实，就是那孩子试图自杀，而那孩子的遗书里写着我的名字，如此而已。”

他说的没错。

既说不上是奥卡姆剃刀定律*，也不是戈耳狄俄斯之结**，坐在旁边一路听下来，今日子小姐的推理已经超出各个击破，甚至有想得太复杂之嫌——令人感觉她只是为了让阜本老师收回封笔决定，而在此卖弄理论。

然而，今日子小姐毕竟是一名侦探。如同她一开始在病房里对我说的——就算结果不如委托人的意，她也不会捏造或扭曲事实，引导出她要的结果——纵使会出言恭维，也不会空说安慰或宽心话。

“说到确切的事实，倒是还有一个。”

今日子小姐竖起一根手指，态度始终从容不迫。

“而且那正是绀藤先生感到不对劲的真正原因。”

“……那到底是什么？”

阜本老师有些不耐烦地问——他的样子似乎已经是忍耐到极

* 奥卡姆剃刀定律：由十四世纪逻辑学家、圣方济各会修士奥卡姆提出的一种解决问题的法则，当两个理论的解释力相同时，应选择较简单的理论，即“假设愈简单愈好”。

** 戈耳狄俄斯之结来源于古希腊神话传说。常被喻作使用非常规方法解决不可解的问题。

限，是否会愤而离席走出这间会议室，就看今日子小姐怎么回答。

今日子小姐这种各个击破的推理方式，无可奈何地会给人偏离重点的印象，阜本老师会感到焦躁，可以说是很自然的结果。他或许会觉得今日子小姐一直在顾左右而言他，避重就轻。

只不过，今日子小姐向他所揭示的“确切的事实”，又更无异是在其怒火上添油加醋。

“我对您现在的连载作品《好到不行》，可是赞不绝口的——还请您把这件事放在心里，好好听我说。”

今日子小姐先埋下这句谜样的伏笔，接着说出那个“确切的事实”。

我当然也看过那篇《死亡带路人》的漫画——她说。

“那个短篇并不怎么有趣，所以绝对没有迫使读者自杀的影响力。”

5

说来。

明明应该要检讨所有可能性，但“遗言少女并非自杀”的可能性——却始终没有浮上台面。

第五章 待命的隐馆厄介

1

尽管还算委婉，但是说作品“不怎么有趣”，这种情况下反而会被视为极具真实性的直言无讳，再加上“绝对没有”这么强力的断定之言，成了毫无其他解释的明确批判。

确切的事实。

不，若说这就是绀藤先生感到不对劲的真相，倒是的确清楚明白，不需要再进一步探讨——也能解释聪明如绀藤先生，为何无法将这“不对劲”诉诸于言语形容的理由。

当然身为编辑，判断漫画好不好看是绀藤先生的职责所在，但是在这种情况下，也不可能跟苦恼的漫画家说出“那篇作品不好看，所以不会对读者有影响力”这种话。

再说得深入一些，出现在遗书里的不是编辑部视为主力，现在正好评连载中的《好到不行》，而是过去的短篇《死亡带路人》这一点，或许让绀藤先生感觉到了刻意。

一般会将这种情况解释为少女是连阜本老师过去的作品都知道的狂热粉丝,但也可以解读成其实是少女为了编造自杀的借口，从以自杀为主题的漫画里任意挑一本出来写进遗书里。

任意的选择——若是如此，再也没有比这更刻意的行为了。

难怪会觉得太对劲到不对劲。

只是，身为编辑、身为组织里的一分子，就算撕裂绀藤先生的嘴，也不敢对阜本老师这么说明吧——但是，掟上今日子敢说。

因为到了明天就会全忘记，所以敢跟任何人撕破脸——她就是一位这样直率的女性，也是一名侦探。

今日子小姐将绀藤先生内心那股不对劲的感觉，用明白到几近露骨的言语呈现——身为侦探，可以说她在这一刻就已经完成委托人的要求了。

然而对她来说，现阶段只不过是途中报告——今日子小姐的侦探活动，现在才要进入下半场。

2

“哎呀，挨骂了耶！”

不知究竟是存着什么心，今日子小姐看起来开朗到不行，感觉甚至还有些兴高采烈地说道。

“没想到他会那么生气呐……啊哈哈。毕竟漫画家总是有些脾气吧，我原本还抱着淡淡的期待，以为就算是恶评，他也会谦虚接受呢。”

这个期待也太一厢情愿了。

而且，即使掺杂了恭维，她刚刚也把《好到不行》捧得太高了，相形之下落差实在太大。

或者该说，正因为阜本老师把好评记在心里，才更无法控制激动的情绪——与作创社人员的会谈，就在我和今日子小姐几乎是被赶出会议室的情况之下，半强制性地结束了。

中间还以为阜本老师会愤而离席，没想到结果是我们被赶出来……狼狈的我们落荒而逃，跳上刚好停在作创社前的公交车——最快的侦探就连撤退也很快——相对的，骨折的我则是极其不堪地被她拖上车。

仔细想想，开会时我明明尽全力消除自己的存在感，一句话也没说——为什么连我都被扫地出门。

被当成共犯了。

冤枉啊大人。

话虽如此，但是比起跟怒不可遏的阜本老师一起留在会议室里，能够和因为演出大逃亡而显得兴奋莫名，看起来乐不可支的今日子小姐肩并肩坐在公交车双人座上，实在是太好了。

只是对没办法逃跑的绀藤先生和取村小姐非常过意不去就是了……

“对不起。”

等到稍微冷静下来，今日子小姐终于向我这么说——我以为她是为了惹恼阜本老师的事道歉，结果并不是。

“要你特地等到下午，结果却还是在你未读的情况下，让你有了先入为主的印象。”

看来今日子小姐是针对她在尚未看过《死亡带路人》的我面前，最后还是说出了感想一事道歉——对阜本老师说了那么多不客气的批评，却为了这种事向我道歉吗。

这大概是今日子小姐身为读者的态度吧——看推理小说的人，常常会有过度忌讳剧透的倾向。

不过，她其实根本不用向我道歉，因为我已经完全错失阅读《死亡带路人》或《好到不行》的时机，而且错过这次机会，将来应该也不会想去看，所以一点儿问题也没有。

“别这么说，请你一定要看，然后再告诉我感想。虽然是我看了那篇漫画以后没有什么心得、共鸣或感动，不过恐怕厄介先生就是能从其中发掘出什么魅力也说不定呢。”

恐怕……

她对这部作品的评价是有多低啊……被她说成这样，我就更不想看了。

“不只限于漫画，对于‘故事’的评价，本来就是因人而异。《死亡带路人》虽然完全无法打动我，但是对十二岁的遗言少女来说，恐怕是一部撼动灵魂的杰作也说不定。”

嗯，又是恐怕……

她在会议室里没有提到这一点（应该是在提到以前就被赶出来了），但是也不能否认《死亡带路人》对自杀的讴歌，就这么刚好与遗言少女的感性相契合的可能性。

无法得到其他人的共鸣，只有自己认为是杰作——连我心中也有这样的作品，没人能保证对于遗言少女而言，《死亡带路人》绝非如此之作。

“就是说啊。即使连作者本人也认为是垃圾的作品，只要自己觉得好看，那就是好看的。在我心里，也有这样的作品呢。”

“所以……要继续进行调查，是吗？”

事情就是这样。

虽然被阜本老师赶了出来，但是今日子小姐在离开会议室以前，已经跟绀藤先生说好了。

“因此，我想继续调查遗言少女试图自杀的真正原因。晚上十点左右，我会再来打扰的。”

真的是打扰，不折不扣的打扰……

如此这般，说到我们现在正往哪里去，倒也不是只为了远离作创社而随便跳上一辆公交车，而是目标明确地正前往遗言少女就读的初中。

今日子小姐早就告诉过我，她想在作创社开完会后去学校看看，所以我事先就已经用手机查好转乘信息——这让我们在逃亡时显得手脚利落。

由于是最快的侦探，所以今日子小姐的行程可是排得满满，但因为在作创社的会议比想象中结束的要早，时间上多了一些余裕。

“可是，这样好吗？今日子小姐。”

“嗯？什么好不好？”

“呃，结果刚才都在报告上午的调查内容，根本没问到绀藤先生或阜本老师几个问题……这对今后的调查会不会造成影响啊？”

“喔，这一点你完全不用担心。”

仿佛是笑我担心只是杞人忧天，今日子小姐报以恶作剧般的微笑。

“因为想问的都已经问了……至少我已经知道我感觉到的不协调感和绀藤先生感觉到的不协调感是否相同，以及阜本老师和遗言少女之间是否有交集，只要能确定这两点就够了。”

而且也已经确定了——今日子小姐如是说。嗯，第一点我懂，可是第二点是什么意思？

交集？

“是呀，也就是借由去解释遗书里出现《死亡带路人》的过程，来厘清遗言少女对于阜本老师抱有恶意、心怀怨恨的假设具有多大的可能性。我本来假设那个遗言少女是阜本老师的粉丝，可能是在签书会之类的场合见到他，却因为阜本老师冷淡的反应怀恨在心，为了报复老师而自杀——但从阜本老师的反应看来，这个假设似乎是不成立的。”

“也是……阜本老师也说不认识她。”

现阶段还无法排除阜本老师是在不知情的情况下见到对方、在不知情的情况下遭到怨恨的可能性，要全面否决这个假设还有些困难，但是这种类型的怨恨，应该不至于突然就上演自杀骚动——在事情发展至此之前，应该会有些征兆，所以要是阜本老师真的毫无头绪，的确很不自然。

……倘若目的是要陷害阜本老师，那么就是由于我的碰巧介入，使得她无法达成目的。

不可思议的是，虽然没有公布姓名，但是因为我被媒体当成凶手看待，遗书的内容因此并未公之于众——自然而然也无人提及阜本老师的作品——一思及此，总觉得心情有些复杂。

“那么，今日子小姐现阶段认为阜本老师只是遭到利用吗？”

“现阶段还没有这么认为，我只是冷静地在收集推理用材料罢了。”

她没有正面回答，但其实心里应该已经有好几个假设了吧。

话说她写在右脚大腿内侧的笔记……可是，我却无法追问这一点，真是好难受。

“啊，不过，我认为就结果来说，阜本老师那么生气其实是件好事。会因为作品遭到贬低而发那么大的火，表示他还没有失去创作者的灵魂。”

这跟你刚才说的话完全相反吧……

就算已经失去创作者的灵魂，听到那样的批评，我想是人都会发火。

“……好坏暂且不论，阜本老师还真是个不会掩饰自己的人呢。”

我说。

老实讲，这个感想也隐含着希望他能多少掩饰一下的心情。

若说这种心情“只是对作者的幻想”我也不否认，但也不过就是如此。

“也不是看他气成那样才这么说，我还以为他会更沮丧一点儿。呃，这该怎么说呢，好像……”

“好像有些如释重负的感觉，对吧？”

今日子小姐一针见血，说中我不知该从何说起的印象——既然能说中，表示她或许也有同样的感受。

“对……正是如此。”

“嗯，因为漫画家是一种辛苦的工作呢。他本人嘴上说只是感觉有趣才当漫画家，但一定也会有不为人知的辛酸。又爱又恨

——而且累积到一定的资历之后，还不能说辞就辞。在编辑部力捧的时候说要封笔，一般来说是根本不可能的。这次的事对阜本老师而言，固然是个困境，但同时也是令他喜出望外，可以‘得到解脱’的机会吧。”

“嗯……”

对于才二十五岁，但这辈子经历过的离职经验可以说是多到数不清的我而言，这种感觉有些难以理解。然而，对于没有明确“退休”之日的漫画家而言，或许引退的机会实在是可遇而不可求的。

如同遗言少女企图拿阜本老师的作品来当成自杀行为的借口，阜本老师也想趁机利用遗言少女的自杀行为来作为退休的借口吗？

“不，我可没这么说。他是真的感到很自责吧。不过，一想到费尽千辛万苦才画出来的作品差点儿夺走一条人命，也很难继续保持创作的动力吧。”

并非只是因为变得无趣、变得无聊了才收手——事情并不如他嘴上说得单纯。

当事人的心情只有当事人才能了解，或是更进一步来说，有时候甚至连当事人自己也不是很了解。在今日子小姐刚才区分的可能性之中，“只有当事人一厢情愿这么认定”的情况似乎很诡异，但也并不是那么稀奇。

说什么都是徒劳。

因为到了明天，就会被忘得一干二净。

4

我们转乘公交车抵达的那所初中——还请原谅我不写出校名，只跟大家透露那是一所具有全国性的知名度，耳熟能详的私立女中。

遗言少女是从今年春天开始到这里上课的——由于是升学名校，从这一点看来，至少她的在校成绩应该还不差吧。

放弃学生的本分，光顾着看漫画，受到漫画不良影响的坏小孩——少女和这种典型的刻板印象可以说是毫无交集。

是能够兼顾兴趣与学业的优等生吗？还是平常不看漫画的优等生呢？

如果是后者，就能得证阜本老师果然还是被利用来作为借口——今日子小姐接下来就是要找出这个问题的答案。

“那么……嗯，可以请厄介先生在这里等一下吗？那里好像有张长椅，请你坐在那边等。”

公车站牌和校门口之间有一座小小的公园，我在那里停下脚步，目送今日子小姐从我身边离开。

这也是当然……

我不可能进得了女校。

原本这就是理所当然之事，再加上才刚发生在校生自杀未遂案，校方现在应该神经很紧张——不用含冤也不需被牵连，只要进去就会被抓起来。

我是百分之两百进不去，说真的，连身为女性的今日子小姐也很难讲没问题。一旦老实承认自己是侦探，理应也会被挡在门外，吃上闭门羹。

“是呀，所以我应该会自称是遗言少女的家属，向班上同学及教职员室的老师问话吧。”

今日子小姐说得脸不红气不喘。

不只是学生，还想向老师问话，她的胆大包天真是令我惊叹不已。

“伪装身份潜入调查”大概是侦探的基本功吧……然而，地点毕竟是在学校，还是让我有点儿担心。

比起稍具规模的公司，学校更像是某种圣域——而且是私立的女校，想必也会有警卫常驻才是。

打着“保护小孩”的名号作为理由果然强大——话说回来，要是家长托付给校方的小孩有个什么万一，对学校来说也是攸关存亡的问题。

实际上，虽说不是在校内，但闹出自杀未遂的风波，对学校也是很大的打击，而……嗯？奇怪，我觉得刚刚好像想到了什么……是我多心吗？

“那么，我去去就回。要是我没有在一个小时以内回来，请来救我。”

“要、要去救你吗？”

“开玩笑的啦！不用来救我也没关系，只要帮我转告绀藤先生任务失败就行了。”

今日子小姐说完，让我坐在公园的长椅上，踩着完全感觉不到企图心的轻快脚步，走向遗言少女就读的学校。

即便是谎报身份，只要自称家属，就不需要乔装打扮了……那头白发在校内应该会极为醒目吧。但如果是要面对好奇心旺盛的初中女生，或许还能成为谈话的契机。

无论如何，在这回合里并没有我插手的余地——那我就好生休息一个小时吧。毕竟我是个大病初愈，或该说是个才恢复意识没多久的伤员。

该休息时好好休息，也是工作的一环。

……不过，关于这件事，今日子小姐或绀藤先生都没付我薪水。

对金钱非常计较的今日子小姐，不可能支付助理费给站在委托人那边的我，我也不可能向对我恩重如山的绀藤先生索取中介费——而我还主动向二手书店请辞，不禁觉得自己到底在干吗啊。

我曾经半开玩笑地跟绀藤先生说自己只能当作家，但是看到阜本老师目前的情况，深深体会到那个世界没这么简单——况且我现在利用闲暇时间写下的事件记录，就算是亲身经历，恐怕也不能公之于众。

可能会成为管制对象，遭到禁止出版的处分——不只是管制，甚至连我这个作者都有可能被取缔。

不夸张。

实际上，对创作进行管制最恐怖的地方也在这里——就像现在阜本老师似乎陷入的状态，创作意欲受挫萎缩固然也是问题，万一发生创作者因此被逮捕的案例，才是最危险的。

为了保护人权而侵犯人权。

虽然是极端的例子，但在维护社会秩序上，凭感觉去限制创作的风险性实在太高了，甚至是倒行逆施。

即使是倒行逆施，正如今日子小姐说的那样，历史上将这种进行管制的体制视为理所当然的时代还比较久，即使到了现代，放眼全球，创作自由绝不是与生俱来的权利。

……另一方面，也不能用一句“荒唐无稽”就认定光凭一本书绝无破坏世界秩序的可能性，这也是谈论创作自由时的难处。改变读者的意识，甚至掀起革命来颠覆国家暴政的书，是确实存在的——裹着娱乐糖衣的思想书，却招致令人不忍直视的虐杀、煽动歧视与偏见，绝非虚构。

如此一来，实在无法用“为了保护小孩”这样的框架来阐述——还有种会想用同样的框架去阐述本身就已经是大错特错的感觉。但是，归根结底毕竟是同一个问题。

根底相同——所以盘根错节。

……不过，无论是萎缩，还是想要有个借口可以摆脱漫画家这个辛苦的职业，听到有小孩差点儿因为自己的著作而送命时，没说出“关我什么事，这是她爸妈的责任”这种诿过之言，打算负起责任来，就应当肯定皐本老师已经很了不起了。

如果让今日子小姐来解释，她或许会说那只是为了闪避深入的议论，才把错揽在自己身上罢了——也或许会说这样跟单方面把责任推到对方头上没什么太大的差别——也说不定。

如同那时，她曾经对我说过的一般。

那是我永生难忘，对我而言也是“初次见面”的事件——是我第一次委托忘却侦探的案子。

忘却侦探最初的事件。

没错，那是距今两年前的事……

当我坐在公园的长椅上正要开始回想过去的时候，我的手机响起——是绀藤先生打来的。

看来在我们宛若逃也似的离开——其实是真的落荒而逃之后，

绀藤先生总算搞定会议室的善后工作了。我接起电话，心想时机正好。

“你好，绀藤先生。”

“好什么好，真是的。厄介，瞧你干的好事。”

绀藤先生开口第一句就大发雷霆——然而，语气里却藏不住如释重负的感觉。

今日子小姐一语道破他心里那股不对劲的感觉究竟是什么，固然令他如释重负，还替他把身为编辑、身为组织的一分子而不便对旗下漫画家开口的话一股脑儿地说了出来，也令他如释重负吧——不过就算撕裂他的嘴巴，他应该也不会承认。

“我什么也没做啊！请不要冤枉我。”

“少来了，阻止掟上小姐是你的使命吧！”

这还是第一次听到。

我以为接受她的帮助，或是被她耍得团团转才是我的使命。

“阜本老师冷静下来了吗？”

“嗯，总算是……他说要工作就回去了。”

“咦？要工作？那封笔宣言……”

“不，还没收回，只是把封笔期限延到搞清楚真相为止——总而言之，至少到今晚十点以前，阜本老师还是漫画家。”

“这样啊……”

总觉得好像正中今日子小姐的下怀——虽然还不到可以额手称庆的时候，但状况还是稍微好转了一些。

只是，再这样下去，也不过是拖延了几个小时而已，还是要快点找出遗言少女寻死的真相。自杀的理由这种事完全是个人内心的问题，外人在短短几个小时之内，究竟能探究到什么地步呢——答案只有天知道。

或许结果会空欢喜一场。

“好了，我这里大概就是这样——厄介，你现在在干吗？没和掟上小姐在一起吗？”

“没有，现在我们分头行动……”

我向绀藤先生说明现状。

虽说是分头行动，但确切地说我只是坐在长椅上休息而已，他可能又会骂我放弃阻止今日子小姐暴走的使命，可是我又不能对既是恩人也是朋友的绀藤先生说谎。

“——因此，今日子小姐目前正一个人在校内打探消息。像是少女在班上的人际关系、有没有什么烦恼之类的……”

“……她还真是个身体力行的人啊。”

绀藤先生苦笑。

也难怪，听到刚才还在公司里谈话的人，现在已经潜入女校进行卧底调查，或许也只能笑了。

“可是，自杀的原因不见得是在学校里吧？也可能是家庭问题……”

“嗯，所以调查完学校以后，今日子小姐还打算前往遗言少女的家和住院中的医院。虽然两边都没什么指望……”

很难想象家人会愿意和形迹可疑的侦探见面，而就算去医院，应该也无法向昏迷的遗言少女问话。

尽管如此，今日子小姐还是会选择行动——大概是认为在行动的过程之中，可能会再产生别的想法吧。

“这样啊……也是，只能交给你们了。没能力的我顶多只能一路祈祷到晚上，希望能等到好结果……不过，毕竟是十二岁小孩自杀。就算能证明她的动机与阜本老师的漫画无关，实在也无法说那是好结果呀。”

紺藤先生以晦暗的音调，喃喃说道——我也有同感。

不敢指望能有好结局。

那么，只剩下期待阜本老师能透过这次事件而确实有所成长，或许才能得到算是救赎的救赎。

第六章 会面的隐馆厄介

1

“让你久等了，厄介先生。”

如同先前预告的，就在一个小时之后，今日子小姐分秒不差地从校园回到公园，不知何故，她竟穿着一身漆黑的水手服。

发生什么事？

“请你什么都别问。”

今日子小姐语调低沉。

像是熬夜熬到第二天……

用不着叫我什么都别问，今日子小姐自己就已经散发出一股让人什么都不敢问的危险气息，与水手服一起成套穿在她身上。

不过，由于今日子小姐的个头娇小，这身打扮看来还挺像样的——雪白发丝与下摆较长的黑色水手服，形成让人无法移开目光的对比。只有靴子是原本的成熟款式，如果不知道她是刚从初中校园走出来，只会觉得她穿的是种展现不协调混搭的新潮打扮吧。

很适合你——要是随便讲出这种话可能会挨骂，所以我沉默不语，只得无言以对。

“我被初中女生玩弄了。”

今日子小姐摇摇头说道。我明明什么都没问，她还是向我交代缘由，大概是不希望我以为她是自己喜欢穿成这样的。

“没、没问题的！不像冰上小姐那么不搭啦。”

“那是谁呀……”

今日子小姐轻轻地瞪了我一眼。

虽说是迁怒，但或许是人都想迁怒吧。

原本没有特别变装就前往卧底调查的侦探，竟然换了一身打扮变装回来的状况，令我也感到混乱。

“无所谓。反正到了明天，我就会全部忘光了。”

但我可忘不了。

“好了，前往下一个目的地吧。厄介先生，接下来是遗言少女的家。”

今日子小姐说着就拉起我的手，想让我从长椅上站起来。

感觉她之所以会这么急着想要进入下一步，应该不只是因为身为最快侦探的缘故。

即使今日子小姐的手臂纤细，也不能任由她拉扯我骨折的手臂——于是我再次将约一半的体重托付在今日子小姐的身上。

“又要转乘公交车吗？还是要搭电车？”

“不，如果从这里出发的话，走路是最快的……因为她就住在学校的徒步范围内……”

因为时间有限，不用太多时间移动本来是件好事，但是若要走路过去，一想到路人会怎么看待白发的初中女生搀扶着我这巨人的模样，就觉得快要崩溃了。

公安的人，拜托你们别看我。

“……今日子小姐，你该不会是要穿成这样过去吧？不先找个地方换回原来的衣服吗？”

虽然同一件衣服不穿第二遍是忘却侦探的坚持，但是唯独这次，我想应该可以例外。

“原本穿在身上的衣服被初中女生丢进焚化炉里，烧掉了。”

初中女生好可怕……确实从外观来看也感觉是间历史悠久的学校，但没想到焚化炉还在运作啊。

毋宁说，她能活着回来真是太了不起了。

我理当早些去救她的，不该等到一个小时后。

“我很清楚你失去什么了……不过今日子小姐，你有收获吗？与遗言少女有关的收获。”

“当然惹。”

今日子小姐用似乎是刚刚才学会的流行语，点头说道。

我衷心祈祷，希望她的收获不只这一句。

2

侦探在名门女校的校园里究竟经历了什么样的冒险奇谈，直到目前仍然还是一个谜。至于我这个区区的中介兼同伴，似乎也无法破坏她极力遵守的保密义务。

“遗言少女在班上似乎有些格格不入呢！”

今日子小姐又从结论开始说。

“成绩算是名列前茅，但是在人际关系上似乎有很多问题……对了，她好像没有参加社团活动。放学后多半都在图书馆看书，图书馆主任才会对她很有印象。”

“图书馆主任‘才会’对她很有印象”这个说法总觉得很特定——我指出这一点，今日子小姐立刻补充。

“是呀，因为在遗言少女班上，有同学甚至连她的名字也记不得。”

被这么一说，感觉“遗言少女”这个代名词的意思也有了变化——不明讲她的名字并不是为了匿名，而是因为她根本面目模糊，宛如无名。

逆濑坂雅歌——这个名字固然难记，但是放在班级里，应该是个不容易忘记、很有特色的名字才对。

格格不入。

如果这是指大家明明都隐约记得，但是真要去回想又嫌麻烦，所以才干脆当作“不知道”这个人——未免也太悲哀了。

“这样听下来，感觉似乎是令人不太愉快的事呢。虽然我在学生时代也不是过得很开心……”

如今也还没事就得背黑锅、有事就得丢工作，过着绝不算满意的成年人生活，但至少还有一些好朋友。

“说的也是呢。不过嘛，所谓死亡，就是‘被忘记’这么一回事。”

穿着水手服的侦探说得好似拒人于千里之外。

像是将遗言少女拒于千里之外，也像是将紧贴着她走在身边的我拒于千里之外。

“拥有大好未来的少女们，会想用‘与我们无关’的态度切割跳楼自杀的同伴也是很自然的事——换作是谁，都不想被卷进麻烦里吧！”

身为实际上已经被卷入的人，我无言以对。

一想到是多亏我经过，才让遗言少女捡回一命，就觉得不能以单纯的“不想被卷进麻烦”来带过——我不是忘却侦探，无法这么轻易地舍弃关系、切割过去。

“……那些女孩子，对遗言少女自杀的动机没有任何头绪吗？”

毕竟她们都跟本人不熟——既然如此，自然也无从知晓少女为什么要跳楼自杀。

说不定还会有人随媒体报导起舞，认定我就是凶手——但针对这方面，警方应该也问过许多次了吧，所以今日子小姐很有可能真的只是被初中女生们好好玩弄一番就回来了。

“倒不是没有。”

今日子小姐驳斥。

“虽然没有人说出具体的理由，但关于这一点，大家却都是异口同声。都说了‘我能明白她想死的心情，因为……’之类的话。”

“……因为？”

“嗯，‘因为’的后面接着各式各样的理由。像是‘很火大’像是‘很无聊’像是‘忙死了’像是‘超没趣’……真是够惹响？的感觉。”

我还是不太懂她这样惹来惹去到底想表达什么——连这用法对不对我都觉得很可疑。

——我能明白她想死的心情。

——因为。

真是很颓废的说法……真不像是自由奔放，会把水手服穿在成年女性身上来取乐的初中女生给人的印象。

不只不像，甚至是相反。

“所谓的……自杀欲望吗？”

“呵呵，我只是说这样很不自然。”

今日子小姐回到公园以后，到现在才终于展颜而笑——那一个小时究竟让她受到多大的伤害啊。要不是为了工作，她大概会想马上睡一觉，把刚才发生的事忘记吧。

算了，这一点的确是比穿着水手服的今日子小姐还要不自然。

“可是厄介先生，你初中的时候难道没有这种感觉吗？开朗的心情和忧郁的心情，两者应该是并存无碍的吧？”

“嗯……也是。”

在我虽是忧郁的学生时代，也曾经开心看书玩乐，所以不能说她错。

还算是开心，还算是忧郁。

既然如此，也会“还算是想死”吧。

“可是，这样讲的话，孩子们不就会接二连三地跑去自杀吗……”

“人不会因为肚子饿，就把手边能弄到的食物都吃进肚子里吧？也不会因为想睡觉，就什么地方都能躺下来睡吧？厄介先生也不会因为需要爱，就可以跟任何人交往吧？”

人类是懂得自制的——今日子小姐说道。

具体地以三大欲望为例，我就懂了——虽然我不记得自己说过需要爱。

如果我看起来这么需要爱，那还真是抱歉。

或许该跟全世界道歉。

“虽然假设的话讲再多都于事无补……不过人类总不能一直不吃东西、不睡觉对吧？”

先把爱放一边。

“可是，就算不自杀，人也可以活下去不是吗？或应该说，自杀的话，不就死掉了吗？”

“是会死掉。然而，也有人会刻意伤害自己，一点一滴地去尝试死亡不是吗？”

是指自残或自虐之类的行为吗？

又或者是——自杀未遂。

“我也是每天的记忆都会重置——每天都像死过一遍呢。”

……

这是无法分享的体验——不可能感同身受的情绪。

就连想象都很困难。

她虽然自称忘却侦探，但是她的内心又是什么想的呢——是用什么样的心情，去面对现在所想到、感受到的事情都会在二十四小时后消失无踪，不留任何痕迹的现实呢。

人们常说人生不能重启，但今日子小姐每天都要被强制重启。

正当我百感交集，内心思绪难以言喻之时。

“没错，就像可以不断重生一样，真是太幸运了呢。一切的体验也都总是非常新鲜。”

今日子小姐却与我恰恰相反，一副若无其事地这么说——身上的水手服带来加成作用，使她说起话来就仿佛纯真无邪的少女一般。

“而且不管接吻过几次，每次都是初吻呢。”

3

说到“纯真无邪的少女”，或许就跟“志向崇高的创作者”一样都是幻想中的生物——我主动修正约略离题的讨论方向。

“也就是我们可以认为，遗言少女自杀的动机是因为在校的人际关系有问题吗？既然她在班上格格不入……”

“如果因为在班上格格不入就要自杀，那么小朋友们就统统都要去跳楼了吧！”

今日子小姐打断我刚才的发言——她说得没错。

我之所以会迫不及待地锁定浅显答案，也可能是因为开始感到时限逼近的压力——就快下午四点了。

当耗费的时间已经大于剩余时间，像我这种胆小鬼，难免着急起来——今日子小姐虽然一副不动如山的样子，不过看她连换衣服的时间都舍不得，显然也不是很从容。

据今日子小姐的说法是“因为买新衣服很花时间”——还真不像是最快的侦探该说的话。不过毕竟挑选衣服确实是属于兴趣而非侦探的领域，所以被这么一说，我也不能拿她如何。

今日子小姐也有她私底下的一面——只是我不太清楚而已。

“可是厄介先生刚才的反应，其实是相当有力的线索也说不定……或该说，算是戳到了重点。”

“……什么意思？”

提出如此浅薄的意见还受到称赞，实在让我心情复杂……

戳到了什么重点？

“就是说——倘若遗言少女没留下那封遗书就跳楼，世人可能就会这样分析她的自杀。”

嗯……

或许是那样没错，但那又怎样呢？世人这么想有什么问题吗？

“还不明白吗？假设厄介先生自杀的话……”

真恐怖的假设。

这个人得意洋洋地在假设什么啊。

“这时，如果有人认为‘哦，那个人是因为没朋友才自杀。超差劲的！’你作何感想？”

“差劲……死了还被说超差劲的，那的确很讨厌……”

虽然有一种挖洞给我跳的感觉——原来如此，我明白她想说的了。

是，实际上我是有一些好朋友，但跟他们交情好，绝不表示我有很多朋友，所以如果我跳楼，世人应该会以为我有社交方面的烦恼吧。或是以为我深受不白之冤，为了证明己身清白以死明志，一个搞不好，说不定还会认定我是畏罪自杀。

死人无法开口。

无法制止活人任意揣测自杀的动机——既然如此，要说“慎重其事”是有些怪怪的，但是为了表明真正的理由，的确会想留下遗书。

我是不确定既然都要死，捍卫自己的名誉究竟有多少意义，只是一旦要自杀，要拼死守护的东西或许也只剩下自己的名誉了。

“长大成人的厄介先生都这么想了，善感的十几岁少女若有这种想法，应该会更强烈、更坚固吧——在学校里显得格格不入就闹自杀，太差劲了。”

“总、总之觉得很差劲就是了。”

应该不会是这么轻佻吧。

可是，如果这明明不是真正的理由，却要蒙上这样的“不白之冤”，会感觉难以承受的心情——倒也不是不能理解。

最起码我就不想被这么认为。

“在校内或许还会被说是‘就已经跟大家格格不入还跑去跳楼’呢！有比这个更糟糕的吗？”

的确再糟糕不过了。

少女是希望自己的自杀被当成美谈——这种想法实在有失谨慎，瞬间就能联想至此的今日子小姐也真是够了。

不过，包括我在内，社会大众都是这样吧——明明想要深入理解，却又只想要简单明了的解答。

一旦有中学生自杀，就马上认为问题出在学校里。

“虽然这么想也大致八九不离十——只是被这么想的人或许难以承受。假使事实不是那样……不，即便事实就是那样，也不希望被那么认为。听人讲真话其实并不好受。”

给以“找真相”为业的侦探这么一说，还真是一句值得深思的台词。

的确，欺骗让人不舒服，但所谓的真实，往往更让人不舒服……慢着，也就是说？

“也就是说……遗言少女之所以留下那种内容的遗书跳楼，是为了面子，为了摆个样子……是这个意思吗？”

“也可以这样解释。要死也想要有个好听的理由，这样的心情并不是太难理解吧？宁愿光荣战死——追求虽死犹生的美学在日本，自古以来一直都是普遍的主流吧。”

“所谓武士道即是求死之道……之类的吗？可是，嗯，我能理解小孩子会觉得没有朋友是件很丢脸的事，但是像这样……说因为受到漫画的影响而自杀，也绝不是体面的事……”

如果在遗书上写下谎言的动机是为了“爱面子”，应该有更好更体面的理由可写——不，等等，我搞不懂了。

什么是体面的自杀理由啊？

有那种东西吗？

“如果目的只是想让人不去注意到真正的理由，根本没必要选择体面的理由，还不如找个典型的、社会大众比较容易接受的理由就好——反过来说，去年还是小学生的十二岁小女生，就算在遗书里写上‘我是为了改革这个国家而死’这样的内容，也没有人会真的全盘接受吧？只会被当成是在骗人而已。”

“说的也是……”

就算我留下这种遗书，也只会被当成是在骗人吧。

“……原来如此，这么说来‘因为受到漫画影响而自杀’的遗书内容，的确是很容易被全盘接受的理由……”

这就是绀藤先生口中“太对劲”的感觉——绀藤先生也算是关系人，才会感觉不太对劲，否则他也可能会用“哦，原来是这么回事啊”或“这种事很常见啦”之类的一语带过。

“这样……如此一来，阜本老师就真的只是无辜被牵连……”

这是状况Ⅱ？还是 β 呢？

我已经忘了更细的分类。

换个角度，他甚至比我还更无辜。

完全是代罪羔羊。

“可是，到底是什么样的自杀理由，让遗言少女要隐瞒到这个地步……依照今日子小姐的直觉，在班上格格不入并不是自杀的直接理由吗？”

“嗯……我还没有自信可以断定不是，但至少绀藤先生和阜本老师都无法接受这个理由吧！因为既没有证据，也没有根据。”

这样啊。

言下之意，只要绀藤先生和阜本老师能够接受，那么就不需要证据和根据了。

然而，现在就连遗言少女的人格特质也还在五里雾中——能在接下来的六个小时里探索到她的内心世界吗？

“人格特质吗……说的也是，的确都没有人提到她的个性。没有人跟她熟到可以描述她的人格特质，但是比起遇到不懂装懂的人讲一堆，这样是比较好。不过，图书馆主任的分析，倒是很有意思。”

今日子小姐如是说。

分析？

说来刚才，今日子小姐是说过，图书馆主任对遗言少女很有印象……

可是，很难想象图书馆主任和一介学生之间，会有什么能激荡出见解的交集……“在班上格格不入的少女，只与图书馆主任很要好”听起来虽然感觉很像在演偶像剧，但也就是因为不太可能发生，才会觉得很有戏剧性。

啊，不对。

反正地点是图书馆，没有直接的交集也无所谓——毕竟那是看书、借书的场所。

所谓——看一个人的书架，就能猜到他是什么样的人。

遗言少女平常都一个人在图书馆看些什么书呢？借书卡上又记录着哪些书呢？知道这些信息的图书馆主任，确实可能会比同班同学更能深入她的内心世界。

阅读就是这么私密的行为——听说有爱书人就是因为不想让自己买的书被记录分析，连去书店买书也刻意不办积分卡。

的确，若用这个观点去分析遗言少女，或许就能找到她自杀的动机……

“不不不，厄介先生。不是这样的。”

“咦？”

“因为这么做，结果还是受制于‘被书影响才去自杀’的偏见呀。虽然我完全赞成‘阅读是私密行为’这个想法，‘只要观察陈列在书架上的书就能看出个性’也是很有趣的见解，在朋友之间彼此分享，我想一定会很好玩，但是此时这么做，就跟把批判矛头对准陈列在凶手书架上的书差不多呐。”

呜呜。

被这么一说，的确无法反驳。

“受到书的影响才染指犯罪”和“让犯罪者看到入迷的书”乍听之下似乎相反，但结果或许都是在讲相同一件事——肯定都是一种偏见吧。

因为书架上放这些书，所以是这样的人——就跟因为十月出生所以如何如何，因为是A型所以如何如何一样，顶多只能当成算命的参考。即使能作为间接证据，也不是不动如山的证据。

对那本书有什么想法，是觉得有趣还是无聊，又或者买是买了，但是根本还没看……光看书架是无法判断的。

既然如此，图书馆主任对遗言少女的分析又能代表什么呢——难道真的是大人和小孩的忘年之交吗？

“不，听说他们几乎不曾好好地说上话——可是啊，重点不在书名或内容，而是她借阅书籍的习惯很特别，特别到让图书馆主任无法忽视。”

“嗯？那跟观察借阅什么书不是一样吗？不管是借还是阅，只要不会干扰到别人，都是个人的自由吧。”

“听说遗言少女看书借书的时候，总是会保持一定的平衡呢！”

“平衡？什么意思？”

“她在借新书的同时，也会借旧书——读私小说的时候，旁边一定会放着奇幻小说。看完诗集以后看传记，看完科幻小说再看商管类的书，借轻小说时也会一起借纯文学，看完推理小说，就会接着再看言情小说。”

……

先不管推理小说是否能用言情小说来中和——这就是所谓“平衡”吗？

“也就是说……那孩子的阅读范围很广泛吗？”

“不，因为再怎么想，她每次借的册数都不太可能在还书日前看完。而图书馆主任则是如此分析——她其实从未看完借的书，只是要让周围的人以为她的阅读范围很广泛。换句话说，这么做只是为了避免别人从她看的书分析自己，故意模糊焦点。看书架就能了解性格——这也可以说是少女针对如此偏见所采取的对策。借书不忘障眼法、看书夹带烟雾弹——就是图书馆主任对遗言少女的印象。”

就像多愁善感的少年少女要买有些色色的书刊时，会特地跟参考书一起拿去结账那样啊——今日子小姐以明快的口吻，举了一个该说是低俗……总之是极为浅显的例子。

要说我对这个例子毫无头绪是骗人的，要说我无法理解那种想隐瞒自己爱看什么书的心情，也是骗人的。

适合自己的书终究没那么容易透过别人推荐找到，“你这种人应该会爱看这种书吧”之类的成见，有时候会比蒙上不白之冤更让人不舒服。

看A时也看反A。

看B时也看反B。

这个倾向大概不只出现在阅读上吧——那该说是有点儿病态，却令人足以如此确信，首次从“遗言少女”身上能观察到的个性——能够称得上是个性的人格特质。

至少比起照抄漫画的遗书，这是更明确呈现出十二岁少女面貌的事迹。

那天，我用自己的身体接住了从天而降的少女——但是直到此时此刻，我才感觉自己终于见到她——遗言少女的面貌。

然而她如此费心故布疑阵的工夫就这么穿帮，感觉似乎是比性格被人解析更丢脸的事……但毕竟还是难逃专家的火眼金睛。

换作是我，只会单纯以为她是个看很多书的孩子而已——肯定会正中她的下怀。

“原来如此。我明白图书馆主任的分析了，可是今日子小姐，这又代表什么呢？”

“厄介先生，这就表示我们可以据此推测遗言少女的性格

——她非常痛恨自己被人分析或内心被探索，具有竭尽所能想要隐藏自己的人格特质。”

对于必须在今晚十点以前找出她自杀真正原因的侦探而言，这实在说不上是讨人喜欢的性格。

4

后来，今日子小姐撑着我的右半身抵达目的地逆濑坂家，却没人在。

与其说是没人在，更像是没人住。

明明才傍晚，整栋房子的所有房间都门窗紧闭——看着溢出信箱的报纸，就算不是侦探也能推理得出来，已经有一段时间没有任何人回到这个家了。

应该是为了逃避媒体采访，躲到亲戚家去了吧……此时我只是单纯这么想，但接着到遗言少女住院的医院一看，发现事实不是我想得那么单纯。

原本打的算盘是重伤的遗言少女既然还昏迷不醒，不管家人现在躲在哪里，想必都会陪在住院的少女身边，所以应该可以向他们请教一些问题。但是今日子小姐向护士打听到的消息，却粉碎了这个盘算。

“打从她住院起到今天，她的家人似乎一次都没来看过她呢。”

恐怕就像面对图书馆主任那样，利用被迫穿上水手服这件事，假装成少女的朋友（也就是假装成初中女生）巧妙地向护士套出证词的吧。今日子小姐的情报搜集手腕（职业意识）虽是高明，但从搜集的情报看来，不管说得再委婉，遗言少女的家庭环境也称不上良好。

而如果将此视为自杀的动机，对十二岁的少女而言，必然又是难以忍受的偏见吧。

无论如何，昏迷不醒的遗言少女目前仍然谢绝探视，所以穿着水手服的侦探和遍体鳞伤的被害人奔走半天，终究还是没能与她见面。

以为终于见到一面的少女——实际上，或许连她的影子都没看到。

第七章

再访的隐馆厄介

1

“厄介先生，可以请你去帮我买衣服吗？”

连续在少女家和医院扑了两次空的今日子小姐，暂时停下脚步——本来还以为她正默默啜饮着方才在医院大厅购买的罐装黑咖啡，却冷不防地被她提出这样的委托。

“这是家大医院，只要拜托院方，我想应该可以借到适合厄介先生的拐杖——因此，可以请你帮个忙吗？”

“好、好的……”

的确，像这种规模的医院，应该会有适合我的拐杖——只是，我不明白她提出这个要求的用意。

衣服？

“我总不能一直穿着水手服吧。固然不能说是不幸中的大幸，但由于连续扑空，意外费了不少时间，我想换件衣服。”

虽然那身水手服看着看着也渐渐习惯，话说回来倒也是不好就这样一直穿在身上。

总不能在晚上十点还穿着那身水手服去见绀藤先生——或许到了明天，今日子小姐就会忘得一干二净，可是我这辈子都会受尽绀藤先生的揶揄。

距离时限只剩下不到四个小时，先不论是否还有余暇，但是感觉调查确实已陷入瓶颈，想转换心情、重振旗鼓，换套衣服或许是不错的方式。

问题是——为何要我去买？

而且今日子小姐的“请你帮个忙”听起来像是要我自己去买……既然是今日子小姐要穿的衣服，应该由她自己去挑选不是吗？

“别这么说，请你帮个忙嘛。挑一套厄介先生喜欢的就行了，就还请把我当成你的玩具吧。”

对我施加压力是怎样。

要把走在流行的尖端、号称同一件衣服不会穿第二次的今日子小姐当成洋娃娃，对我来说压力太大了……我可没有初中女生那么天真无邪，实在做不出这种事。

光要避免和我看过她穿的组合撞衫，就足以令我伤透脑筋了……绝对还是今日子小姐自己去买比较好吧。

“不，我想利用这段时间处理别的事……该说是有点儿私事吗？或该说是一些小事？让我们相约一个小时后，在遗言少女坠楼的那栋大楼的楼顶上集合如何？”

又要分头行动？

今日子小姐要去买别的东西吗……既然她说是私事，我也不好过问。

善于穿搭的今日子小姐会把挑衣服的重大责任交给别人，想必她打算在这个小时里去处理的，也绝不尽然是私事吧……然而我不懂的是，为何要在那栋商住混合大楼的楼顶上集合呢。

现场取证应该已经在上午结束了。

前往那栋大楼就等于是去刚离职的二手书店一样，老实说，真的不想在同一天里再去第二次……

“有话说‘走访现场千百遍’呀。遇上瓶颈之时就重回现场，是调查的铁则。”

今日子小姐说道。比起侦探，这更像是刑警的台词——不过，她会决定要再去一趟那栋曾经是我职场的大楼，似乎也不是单纯的心血来潮。

“有件事让我挺在意。一直期待或许能在哪里得到相关证词。”

今日子小姐说明她想再次前往探访的理由。

“打从一开始我就有个疑问——遗言少女为何要从那栋大楼往下跳。”

“……这不是我们一直讨论的问题吗？我们不就是一直在调查她跳楼的真正原因吗？”

“不是这个，我是说……为何她选择往下跳的，偏偏是那栋大楼。”

感觉这只是把字词的顺序对调一下而已——不，不只如此而已。

可是这也应该已经讨论过了。

四周虽然还有其他大楼，但都是些五层楼或六层楼高的大楼，附近只有那栋大楼可以提高死亡率。

我记得我们就是在大楼楼顶上谈这些的。

“也不是那个。那栋楼的确是那一带最高的大楼——但是其他地区肯定有更高的大楼吧？只要从十层楼以上的大楼跳下来，不管底下有没有路人经过，就算底下设置着跳跳床，应该也可以必死无疑了。从这个角度来看，七层楼的建筑物其实有些不上不下。”

……

相对而言——似乎是如此。

“再进一步来说，当我潜入学校时，为了打听消息，自然也在校内散步观察了一番。虽然没有十层楼高的建筑，毕竟是学校设施，每层楼的天花板都挑高，校舍也有相当高度。若是要跳楼寻死，算是足够了。”

我还以为遗言少女是刻意选择能够提高死亡几率的大楼来跳，但放宽视野，相对看来……的确不上不下。

听到此话，我便知道她想说什么了——刚才在我脑海里一闪而过的也是这个。遗言少女为何不是在“校内”跳楼……当然，我并不是基于“初中生要跳楼就该从就读学校的校舍楼顶跳”这种成见如此说。

从哪里跳楼是个人自由。

从哪里跳楼都可以自杀。

然而，这样重新整理出来的疑问就变成——遗言少女选定的跳楼地点，为何不是最贴近身边的学校校舍，也不是从十层楼高的大楼，而是那栋商住混合大楼呢——真不可思议。

在别处跳，我也不会搞到两处骨折了，所以这可是与我切身相关……

“如果说有什么是遗言少女非得从那栋大楼往下跳的理由……那可能就几乎等于她自杀的原因。本来我以为只要继续调查，遗言少女选择那栋大楼的理由就会自然浮出水面，没想到至今却仍然连边也摸不着。”

因此才想要重回现场——今日子小姐说。既然这样，我也没意见。或许向那栋大楼的相关人员打听，真的能发现什么也说不定。

“要是过去曾经有名人从那栋大楼往下跳，那么‘受到那个人的影响而跳楼’也会成为强而有力的假设吧！所以厄介先生，如果你不介意的话，可以在会合之前，向你以前上班的那家二手书店的老板打听一下吗？”

就附加的委托而言实在太苛刻。

离职的店员哪有脸去这样问老板。

“那家店傍晚就打烊，所以我想老板已经回家了……我也不知道他家的电话。”

“这样啊。还真早打烊呢。真是很传统的二手书店呀……算了，那也无妨。”

即使我答来手足无措，今日子小姐并未表露出失望，只是耸耸肩说道。

“那么，衣服的事就拜托你了。”

光是这项委托就已经很沉重了，但是我判断如果继续抵抗，她反而会继续要求更多也说不定，于是我答应了。

不过，说是这么说，这的确是个难得的机会。

难得有机会可以在得到本人许可的情况下，让今日子小姐穿上我喜欢的衣服——嗯？

“那、那个，今日子小姐。”

“什么事？”

一决定方针，今日子小姐似乎就立刻要离开医院大厅展开行动。我连忙拉住她，提出在最后的最后才终于发现的问题。

“帮你买衣服是没问题……可是，呃，你还没给我买衣服的钱。”

“什么？”

今日子小姐一脸难以置信地反问。

“要买我的衣服，还要我付钱吗？”

2

先把我的时尚品位搁到一边，选购今日子小姐的衣服时，应该注意的是要选择长袖的款式——不管是裤子，还是裙子，都要选择下摆可以盖到脚踝的长度才符合理想。

因为她会把自己的肌肤当成最小限的笔记本来使用，所以给她的衣服除了要好看，同时也得负起遮住笔记的任务——不过如果要配合这个条件，选购起来倒是不会花上太多时间。

既然今日子小姐并未特别提出这样的要求，那让她穿无袖上衣或裤裙之类的应该也很新鲜，但是如果我的品位因此受到质疑，就得不偿失了——所以就算会被认为是没有创意的家伙，这时还是走保守路线、不要想太多，看到不错的套装就买下，方为上策。

于是，我并没有花太多时间在今日子小姐拜托我跑腿的任务上，可是由于在买东西的同时还东想西想着这些，所以不禁也想起了写在今日子小姐右大腿上的文章。

“如果不是自杀的话？”

……虽然我认为这是相当关键，也是在调查这事件时，能从根本推翻整体概要的观点，但是事情发展至今，今日子小姐好像完全不打算提及这个可能性的样子。

或许今日子小姐是判断这个假设还不能在作创社的会议室里

当着绀藤先生、阜本老师和取村小姐面前提出，只是事情到了这个节骨眼，依旧不肯向同行的我透露半分，未免有些不太自然。

说来白天也曾经讨论过一次这个可能性，不过在进行调查的过程中，已经放弃了这个假设……毕竟“有人意图杀害十二岁的少女”这个假设，再怎么说都太荒诞无稽，根本是不可能发生的事。

会合之后，再鼓起勇气针对这一点委婉地问问今日子小姐吧……当然我必须发挥演技，隐瞒这是不小心看到她大腿内侧写的文字才有的疑问，假装是自己想到的可能性。

这时我才想到。

被她趁势拜托买东西，于是就这么速速与她分头行动，而相约的会合地点——又是那栋商住混合大楼的楼顶上——实在是很糟糕的选择。

上午让今日子小姐一个人先上去，结果她不但跨过栏杆，还在那边与遗言少女的体验共鸣——所以现在搞不好又在做同样的事。

那是最快的侦探之所以那么快的原因之一，然而那个人在从事侦探活动时，该说是不瞻前，还是不顾后呢？总之经常不惜以身犯险。

当我前往会合时，正好目击今日子小姐坠楼——也难说绝不会发生这种连想都不敢想的展开。万一事情演变成那样，我希望自己至少要能及时赶到她坠楼的落点上，于是我撑着向医院借来的拐杖，一步一拐杖地加快脚步，前往那栋大楼。

3

先说结论。我的担心最后只是杞人忧天——当我抵达会合地点，今日子小姐这位最快的侦探虽然已经先我一步抵达，但她似乎也是刚到，在已经漆黑一片的大楼楼顶上，将她脱下的靴子重新穿回去。

“啊，厄介先生，谢谢你！”

看到我拿在手上的东西，今日子小姐笑逐颜开，冲了上来——或许真的是一心想要赶快换掉水手服吧。

不过若是要模仿遗言少女的行动，穿水手服应该比在楼顶上穿脱靴子更能进入状况才是。

“哎呀，我好期待厄介先生的品位啊！你会让我穿什么呢？”

“我想一定会辜负你的期待的……请不要再给我压力了。倒是今日子小姐，事情办得如何？”

“咦？什么事情？”

“你不是说去办私事还是什么小事的吗？”

“哦……”

今日子小姐脸上浮现了暧昧……或该说是复杂的笑容。若她真的是个初中女生，这表情倒是颇具深意。

“想请你只看结果、别问过程，但大概也混不过去吧。因为几乎都是徒劳无功，毫无意义。”

“办私事也会徒劳无功吗？”

“说私事是骗你的。我其实是一个人去调查了。”

今日子小姐面无愧色地说道——不过，嗯，我想也是。

虽然在情势所趋之下和她共同行动，但我毕竟不是置手纸侦探事务所的员工，也无能扮演华生的角色，想必有些地方她就是不想让我同行、有部分情报网就是不想让我知道——我对于与今日子小姐之间难以拿捏的距离感，早已有所领悟。

我早已想开了。

“其实我又去了逆濑坂家一趟。”

居然这么简单地就告诉我。

咦……重回这栋大楼之前，今日子小姐又走了一趟遗言少女的家吗?

也是，考虑到晚上会有人回家的可能性，再跑一趟不见得会白跑……既然是这种小事，她为何不事先告诉我?

而且我们也不是没一起去过。

“嗯，可是，我想厄介先生应该不会想再因为这次的事，蒙受更多的无妄之灾才是……”

“无妄之灾……？”

的确已经受够了。

毕竟我从一开始就被无端卷入——可是事到如今，再拜访遗言少女家又算什么无妄之灾呢？就算是为了有衣服可换，必须分头进行……

“因为，如果我先告诉你，你就会变成共犯了。”

“共、共犯？”

“我趁着没人在家，偷偷溜进去了。”

什么偷偷溜进去。

根本是责无旁贷的违法行为……啊，所以才说不出口吧。

先不管要怎么入侵门窗紧闭的房屋，但这也难怪她要隐秘行动。

这跟潜入女校的严重性可不一样，我应该会阻止她吧……站在今日子小姐的立场，让我这种庞然大物同行，铁定会提高非法入侵的难度。

要我去买衣服，“无法忍受身穿水手服”这种个人理由显然是其次，主要是为了不想让我目击违法调查……不是距离感，而是罪恶感的问题。

不过，反正终究是到了明天就会忘记的罪恶感，看忘却侦探倒是一脸毫不在意的样子……

“我想知道遗言少女住在什么样的房间里，过着什么样的生活，即使无法向家人请教，至少想看一下遗言少女的书架。”

咦？怎么跟之前说的不一样。

在前往她家的路上，我和今日子小姐应该已经讨论过“不该用书架上的书来揣测人的性格”了呀……

“同时拥有两面的观点是很重要的呢！”

今日子小姐毫无顾虑地说——虽然多少觉得这种说变就变的态度到底是怎样，不过她说的倒也没错。

这也算是一种平衡感吧。

“能同时从正反两方来看事情”纵使说不上是侦探活动必备的才能，但至少应该很好用吧。

总之，再深究也无济于事。

比起目睹今日子小姐从大楼的楼顶上掉下来，对她的违法行为睁一只眼、闭一只眼是轻松多了……真是个让人全方位心惊胆战的侦探。

“所以呢……你都踩到红线了，当然有些成果吧？”

该说是踩红线吗？还是秀下限呢……要是有人报警，可是会被用“穿着水手服的成年女性闯进空无一人的房子”来形容的。话说回来，既然她敢冒这样的风险，如果没有能与之匹敌的收获，未免也太不合算了。

只可惜，我似乎想得太美了。

“同上，徒劳无功。遗言少女的房间里根本没有书架——看样子她似乎是会把书扔掉的人。”

今日子小姐半点泄气的样子也没有，耸耸肩。

“同上”是想表达什么。

犯罪果然是件不合算的事……还是脚踏实地的调查好。

硬是要我说些什么的话，“会把书扔掉”应该是不想在自己的房间里留下阅读的记录，所以从这个事实看来，或许更证实了遗言少女不愿内心世界受到窥探的性格。

但老实说，已经不需要这种情报了……

“真伤脑筋呢。爬上楼顶以前，我还在这栋大楼里绕了一圈，可是却一无所获。该说是束手无策吗……这下子真的无计可施。怎么会这样呢。”

今日子小姐说着，抬头仰望曾几何时已经完全暗下来的天空。

现在为晚上七点。距离时限还剩三个小时，却已无计可施，真是太讽刺了。今日子小姐身为最快的侦探，三个小时明明可以做很多事……

“我一直在等下雨，可是只剩三个小时，应该没希望了。”

今日子小姐仰望天空，喃喃自语。

原来她并不是仰望星空而陷入感伤，只是单纯确认云量——雨？这么说来，案发当天的确是个下雨天。媒体报导虽然不会提到“当天的天气”，但是报纸上有天气栏——今日子小姐大概是看到了那个吧。

该说是明察秋毫吗……总之是无懈可击。

如果要模拟案发现场，的确会连这一点都想彻底重现吧——只可惜在我的手机通讯簿里，并没有能操纵天气的名侦探。

“当然，我知道这是个无理的要求……只是，会令人很在意吧？遗言少女为何要选择下雨天跳楼？”

“呃……只是她想死的那天刚好下雨吧……”

“是吗？我曾经跨过那个栏杆，用自己的眼睛看过所以很明白，要是下起雨来地会很滑，站在那里非常危险喔！”

这一点就算不跨过栏杆也能明白。

准备接下来就要死，而且还是打算要从这里跳楼的人，我想根本不会在乎地滑不滑……不过一旦在意起来，也是会在意的。

“失足坠楼”与“自己跳楼”完全是两码事——现场并没留下雨衣或雨伞，想象场景时还是会觉得“浑身湿透的女孩，在雨中自己选择结束生命”的构图比较自然，但这也是基于期盼事件能更戏剧化的成见吗？

选择这栋大楼的理由——还有，选择下雨天的理由。

因为是突来的阵雨，这倒是可以归类于“没想那么多”的范围内。

“是啊。不过《死亡带路人》里也有个‘绝不撑伞的男人’，还有在雨中自杀的桥段……我想确认她是否在附会这些，却迟迟等不到下雨。”

今日子小姐说道。

“这么一来，比起追究遗言少女自杀的动机，或许更应该专注精力在要怎么说服阜本老师吧……”

看到今日子小姐打算将思考切换到这么现实的方向，想必真的是束手无策了吧。虽然很不甘愿，但是也没办法。毕竟今日子小姐绝不是超人，也不是万能的侦探。

办不到的事就是办不到。

但我也不能因为如此，就打电话给手机通讯簿里的其他侦探……嗯。

对了，那行笔记。

那行“如果不是自杀的话？”——今日子小姐写在右大腿的备忘录——今日子小姐从头到尾都没提到这件事，就举白旗投降了。

换言之，那果然只是突发奇想，经过思考之后，已经排除的假设吗——可是，忘却侦探特地写在肌肤上的笔记，完全没拿出来讨论也很匪夷所思。

不管怎样，问就知道了。

今日子小姐为何会想到这是他杀案的可能性，又为何会在之后排除了这个可能性呢……

“今日子小姐，我现在突然想到，有没有可能遗言少女不是自己跳楼，而是被谁推下去的呢？也就是说，不是自杀，而是他杀——”

“什么？”

虽然不到她逼我出钱买衣服时那么夸张，但我话刚讲完，今日子小姐就皱起眉头，露出非常讶异的表情。

咦？

“讨厌啦！怎么可能呢？厄介先生。伪装成自杀的他杀什么的，你是推理小说看太多了吗？”

侦探有立场这么说我吗。

“原来如此，这个想法很有趣呢。但说话要有证据才行。哎呀呀厄介先生，你可以去当推理作家喔。”

这是凶手在解决篇的台词吧……唉，如果能当上推理作家我倒是想当。不过……嗯？怪怪的。

今日子小姐完全不理会我的说词。

“厄介先生，不开玩笑，我想警方已经针对这一点好好调查过了。如果是手法更为刁钻的自杀也就算了，但跳楼——该说是非常原始吗？总之是很单纯的方法，我想应该没有动手脚的空间。

而且除了遗言少女之外，还有其他人在楼顶的话，不可能没有留下任何痕迹——更别说若是争执迹象，应该更引人注目。”

“……呃，这个嘛。”

我被她问倒了。

不过，现实的确是这样吧。

要是被推落的，遗言少女不可能毫无抵抗……应该会马上引起大骚动，所以如果真的有凶手，那家伙应该无法逃离这栋大楼。

“可、可是，既然是这样，今日子小姐写在右大腿内侧的那句话又是什么意思……啊。”

啊个头啦。

自己的演技之差，让我眼前一黑——明明没有做坏事，却也没有一件事是做得顺利的。

……

我还来不及哀怨自己的人生怎能这么没有成本效益，今日子小姐已经瞬间展开行动。她一语不发，猛然掀开漆黑水手服的百褶裙摆，露出右脚的大腿根部——将雪白的大腿袒露在我面前。

视线所及的范围内没有半个字。

这也难怪，因为那段文字是她跨过栏杆，摆出不合人体工学的姿势时，才能勉强看到的。

“厄介先生，能请你比照骑士侍奉公主那样，在那里弯下腰来吗？”

分明是有事相求，这姿态也太高——但是以我现在的立场也无从反对——只能乖乖听话，屈起自己庞大的身躯，当场蹲下来。

不知道她想干吗。

“不好意思。”

今日子小姐撩起裙子举起右脚，将脚跟连着小腿搁在我的左肩上。

宛如芭蕾舞者的动作。

虽然已经蹲了下来，但是由于我个子高，肩膀位置仍然不算低……她的股关节柔软度确实堪比芭蕾舞者的等级。

要比不端庄的程度，还真是比跨越栏杆更不端庄的构图，裙子都已经撩到大腿根部，却仍无隙可乘地按着裙摆不让内裤走光的好本领，算是勉强还保住了优雅。

这个行为太莫名其妙，我不太明白是要表达愤怒还是什么意思，只知道今日子小姐如此把右脚高高举起，保持 Y 字平衡的固定姿势时，整条大腿连内侧都外露了——而且由于今日子小姐实在是太没反应，让我甚至开始以为是自己看错——没想到，就如同我白天所见，在今日子小姐的右大腿内侧，确实有着一行用她的笔迹写下的“如果不是自杀的话？”

证明了自己没乱说话，这让我大大松了一口气，但今日子小姐可就不是这么一回事了。明明是看着自己的身体、自己的笔迹，却连声“咦？咦？”大叫了好几声。那模样仿佛是完全不知道自己腿上为何会写着这样的字——接着她难得不知所措地这么问我。

“这、这是什么？是你写的吗？”

“请、请不要胡说八道。”

先不管笔迹的问题，我怎么可能在不让今日子小姐发现的情况下，把字写在那种地方。

“那、那到底是谁……”

“还能有谁……不是你自己写的吗？今日子小姐不是会为了以防万一，把字写在自己身上吗？”

我最近才知道这件事，但忘却侦探倒也不曾刻意隐瞒这一点——对于不确定什么时候会丧失记忆的今日子小姐而言，不如说是必然的举动。

“可是我没写过这句话呀！因为我压根儿也没想过遗言少女可能不是自杀。”

“是、是这样的吗……？”

我还以为这是白天我们在这栋大楼里分头行动的时候，今日子小姐向谁借笔来写的……

忘了自己写过吗？

不，最起码和我在病房见面之后，今日子小姐的记忆都是连贯的——在电车上感觉虽然有些危险，但她从头到尾都很清醒。

不管是预习的内容，还是调查的内容，她都没忘记——也不太可能是在分头行动的时候不小心睡着。

那么，这到底是怎么一回事？

我已经委托忘却侦探办案好几次，还是第一次遇到这种状况，令我不由得陷入混乱。

“啊！”

就在这时，今日子小姐发挥了身为侦探的推理能力，敏锐察觉到事情的真相——才怪。

身为忘却侦探，居然会犯下这种错误。

“这该不会是前一个案子的……”

4

我无从知晓今日子小姐昨天解决了什么案子——只不过，从她本人虽然否认，却显然有些睡眠不足的样子来判断，可以推测案件应该是相当棘手。

随着夜色渐浓，不小心睡着、失去记忆的风险大增——有别于今天的事件，昨天可能发生了必须记笔记在身上的状况吧。

姑且不论这行小字是否发挥了作用，当事情解决，已经没有用处的笔记当然要进浴室洗掉——然而，也许有时会因为写下笔记的位置太不寻常，一时大意而让笔记留到隔天也说不定。

“如果不是自杀的话？”

……会说不通也是理所当然的。

原来这个记录是昨天的今日子小姐为了解决昨天的案子而留下的笔记。当然，别说是跟遗言少女没关系，跟这次的案子也没有任何关系……

“这实在是我人生中最大的失败……真是太丢脸了。”

今日子小姐说着，用另一只手抓了抓满是白发的头。

身为严格遵守保密义务的忘却侦探，把另一个案子的笔记留到第二天，在她心中是绝对不能发生的错误吧——当然，她在做笔记的时候也花了一番心思，所以光看“如果不是自杀的话？”这种片段的文字，也无从揣测昨天发生了什么事，只是对于为了不留下任何记录，既不坐出租车、也不用公交卡的今日子小姐而言，问题可能不在这里吧。

“呃，写在这么难发现的位置，忘了擦掉，也是情有可原的啊！”

我说着一点儿建设性意义也没有的安慰。

一想到连本人都不容易发现的身体部位，如今却如字面上的意思地展露在我面前，就觉得很奇妙。

“哎呀，真是的……好丢脸啊！”

大概是真的很难为情吧，今日子小姐毫无防备地哀叹道。我明白她的心情，却又觉得她差不多也该认知到这样把脚抬得高高的姿势其实更丢脸。

失败是失败，但幸好尚未搞到不可收拾的地步……

“也对，幸好是给厄介先生看到。”

这句话听来还真是令人脸红心跳——当然，牵涉到事务所的信誉问题，这应该是“好在不是被委托人看见”的意思吧。

“厄介先生，可以请你用这个帮我擦掉吗？”

今日子小姐不再抱头哀怨，拿出了一包不知道是怎么藏在漆黑水手服里的酒精杀菌湿纸巾，伸手递给我。

“请帮我毁灭证据。”

“好、好的。”

用词固然有礼，却是不由分说的口吻，因此我也只能接下这个任务——也对，毕竟是她自己擦不太到的地方，才会留到现在，硬要自己擦拭的话，裙摆迎风飘扬，内裤可能会走光。

没带用来在身上写字的笔，却随身携带用来擦去身上笔记的工具，该说是忘却侦探特有的细心吗……我边想着这件事，边从她递给我的袋子里抽出一张杀菌纸巾。

说来，这是我第几次擦去写在今日子小姐身上的笔记了啊……不管是第几次，对今日子小姐而言，都是第一次吧。

“哎哎，真受不了，真是太丢脸了……厄介先生，求求你，千万别把你擦拭过我大腿的事情告诉任何人喔。”

不用她交代，我也不敢告诉任何人。

再说，我认为她真的搞错了应该感到害臊的重点——高举着一条腿的今日子小姐穿着水手服，而正在服侍她的我则手脚骨折，一想到这是多么不可思议、莫名其妙的画面，我就只想赶快完成这个任务。

“唉……等等换上厄介先生买给我的衣服时，也得检查一下还有没有其他忘了擦掉的地方才行。”

“是呀……”

我附和一声。结果“遗言少女并非自杀”的可能性，不过是我囫囵吞枣，或该说根本只是误会一场的事实，令我真的非常失望。

就像是在案发现场发现毫无关联的涂鸦，却自以为是什么重要的线索，喜出望外想要解读——看来我终究没有扮演侦探的命。

这么一来，无计可施的状况已经成定局，就只能把剩下的时间用来思考如何安抚阜本老师了——最大的瓶颈，则在于今日子小姐下午激怒了阜本老师，我实在不认为他能够冷静地和我们对话——这虽然是今日子小姐自作自受，但还真是天有不测风云……

“啊！”

明明是自己要我帮她把写在身体敏感部位——连她本人的手

也够不到的部位——上头的文字擦掉，或许心里还是有些忐忑吧，今日子小姐突然发出这样的惊呼声。

“对、对不起。真的很抱歉。”

我连忙拼命向她道歉，把手拿开。

是我太用力了吗？

我只能用单手，而且只有左手能动，很难掌握力道……但今日子小姐所说的话又更让我一头雾水。

“请别向我道歉，相反的，请为自己感到骄傲。”

定睛一看，直到刚才还为了自己的失误而一脸难为情的今日子小姐，如今却是满面绽放着灿烂的光芒。

“谢谢你，厄介先生！”

还笑着向我道谢。

加上她的一条腿依然（搁在我肩上）抬得很高，感觉再这样下去，她就会自顾自地跳起踢腿舞来……怎么回事？到底是什么心境上的变化？

“呃，今日……今日子小姐？”

“‘如果不是自杀的话’——对惹，对惹，就是这个惹！我都没有想到这个可能性呢——可是！”

今日子小姐丝毫不在乎旁人眼光，情绪激动地大喊大叫——“如果不是自杀的话”？

这个信息指的是昨天的事，跟今天的这件案子应该什么关联也没有吧？以为有关联完全是我的误解，而今日子小姐也就如她所言，压根儿没有考虑过这个可能性——压根儿没有考虑过？

没有考虑过——原来如此。

也就是说，并不是在检视之后排除这个可能性——而是现在才要开始检视这个可能性。

“今日子小姐，那……”

“没错。就是你想的那样，厄介先生。遗言少女的自杀并不是自杀……不，目前只是灵机一动，还必须审慎评估，不过恐怕就是这样不会错。”

忘却侦探自信满满地说。

这又是说变就变的大转变了，仿佛忘了她在前一刻才不容置疑地否决这推论——她刚才还为“忘了擦掉笔记”这个不应该发生的失误垂头丧气，此刻已经完全感受不到那股沮丧。要说很有今日子小姐的作风，倒也充分展现了其势利眼的一面，但对我来说，能看到她这么有精神，还是比较好的事情。

我的一场误会居然能对解决这件事做出贡献，让我觉得好害臊，只是这下子，我们就要与时间作战了。

用来完备推理的时间……今日子小姐必须更仔细地检视这个若有所得的想法是否正确才行。

倘若真的不是自杀，就更需要推敲。

因为如果是他杀，截至目前的调查方向将会产生一百八十度的转变——必须从头开始重新调查。

时间真的太紧迫了……

“期限是晚上十点。考虑到前往作创社的交通时间，只剩下两个小时左右吧。嗯……这还真伤脑筋啊！”

今日子小姐说道。

是啊……即使是最快的侦探，这下子也只好放下身段，提出延长时间的申请了。只是想到昨天的事才令她苦战了一番，今天的今日子小姐应该不太能熬夜……

然而，今日子小姐口中的“真伤脑筋啊”并不是这个意思。

“真伤脑筋——多出来的时间到底要拿来做什么呢？”

“什么？”

“要使出卑劣的手段来封口吗？”

今日子小姐看似兴致勃勃地说道。她轻巧地松开了按着裙子的手，随之摸上我右手臂的骨折部位。

“可以请厄介先生帮我检查一下——还有没有其他字留在身上吗？”

第八章

提问的隐馆厄介

1

晚上十点，我和今日子小姐再次端坐在作创社会议室的桌前。

不过，与进行途中报告时不同的是——漫画家阜本老师和他的直属责编取村小姐并未列席。

原本还以为是白天今日子小姐对作品的批评让他气到现在，结果并非如此（当然也多少是如此），单纯是之后回去进行的工作至今尚未完成。

虽然没遵守交稿期限……或直白说“拖稿”是漫画家绝不可犯的禁忌，但从另一个角度看，也显示了阜本先生仍是那般热衷于画漫画，对希望他能撤回封笔宣言的杂志总编绀藤先生而言，必定是巴不得阜本先生缺席吧……因此，忘却侦探解决篇的观众，就只有我和绀藤先生两个人。

以解决篇的阵容而言，这实在太让人提不起劲——虽然推理小说里“可能会被揭发罪行的凶手哪可能乖乖出席解决篇”的展开早已长年为人诟病，但是在每个人都忙得不可开交的现代社会，光是要把人凑齐就很困难了。

“怎么？掟上小姐，你换衣服啦？”

绀藤先生惊讶地说。

现在的今日子小姐穿着贴身的圆点图案衬衫，搭配下摆很长的开襟针织衫、具有透明感的高腰长裙，加上黑色丝袜——与其说是我的品位，不如说实在是没有品位。

丝袜颜色很明显是受到水手服影响而选的，至于衬衫也不是为了配合时尚流行才挑了贴身样式，纯粹只是不合身。

尽管如此，大概还是比水手服好吧，所以今日子小姐一句怨言也没有，反倒直说“很好看呢”而甘愿成为我的洋娃娃——穿成这样也能如此好看，真不愧是今日子小姐。

“是，我换过衣服了。”

今日子小姐打了个擦边球。

其实她是换过两次衣服。

要是看到穿着水手服的今日子小姐，我很好奇绅士如绀藤先生会说出什么样的评语……真想知道怎么讲才是男人该说的正确答案。

“请放心，已经完成推理了——我想一定不会辜负您的期待喔！”

“那真是太好了。”

当然，想必绀藤先生也不会以为忘却侦探放弃职责，只顾着玩服装秀，不过有了今日子小姐的拍胸脯保证，明显让他松了一口气。

毕竟他身为总编辑，在处理这件事的同时也还有许多其他工作要处理，绀藤先生肯定相当劳神吧，得知有机会解决，也难怪他会如释重负了。

我虽然也很替他高兴，只是身为中介，仍有一丝不安——基于“不想反复说明”的理由，我又在一无所知的情况下坐进这间会议室。

不用我一再重复，今日子小姐过去为我解了好几次危，让我对忘却侦探的能力深信不疑，但她这次的推理——乃是奠基在我状况外的误会上。

不仅如此，自从在大楼楼顶上想通了什么之后，她就没有继续进行任何调查——事实上，今日子小姐的侦探活动就在那时结束了。

这一点对我来说实在很恐怖。绝不是在庆幸没吃午饭的我们，能有余暇慢慢吃晚饭的时候——与其说是恐怖，我甚至感到心虚。今日子小姐为何能这么坦荡呢，真是不可思议。

“那么，掟上小姐，如此开门见山真是非常抱歉，可以请你赶快说明来龙去脉吗？那女孩……遗言少女若不是因为阜本老师的作品，到底为什么要自杀？还是在调查之后，发现原因还是出在《死亡带路人》呢？”

绀藤先生略向前探出身子，以一种“要是结果如此，自己也已经做好心理准备接受这个事实”的口吻说道——相对于他的急迫，今日子小姐却是一脸慢悠悠，缓缓将桌上的饮料送到嘴边。

“别急别急，还请您冷静些。”

那是她请绀藤先生特别准备的加浓黑咖啡，今日子小姐或许是打算让自己更清醒一些来迎接解决篇。

并非自杀未遂，而是杀人未遂。

说是事态变得愈发严重也不为过。

就算那是真相，她真的能够提出足以说服绀藤先生（以及我）的推理吗……这也是侦探展现本事的时刻。

“绀藤先生，您似乎只着眼在自杀的理由上，不如换个角度想如何——假设遗言少女的跳楼不是自杀呢？”

首先，忘却侦探厚着脸皮提出她自己压根儿也没想过的“假设”。

然后开始解谜。

讨厌被人分析的遗言少女，终于要被彻底解读。

2

“不、不是自杀……？”

“没错，我一开始就考虑到这个可能性了。”

真希望她不要打从一开始就说谎，我都快吓破胆了。

她也太相信我的口风紧。

要硬扯的话，她的确在接受委托之前的昨天，就曾经这么想过……但现在也没人知道“昨天的今日子小姐”想过些什么。

“留下遗书，摆好鞋子，然后少女坠楼……怪不得，如果只聚焦在这几点上头，除了自杀以外，的确观测不到其他可能性了。但是，真相不见得就是如此。”

“掟上小姐，难道你认为……这是他杀吗？”

绀藤先生大吃一惊。今日子小姐的想法固然让他惊讶（虽然我想应该是一场误会），可是这个出乎意料的可能性，似乎更令他跌破眼镜。

“是的，我就是这么认为。而且一切都如我一开始所想。”

说谎也未免说得太强势。

难不成她是觉得看我在一旁冷汗直流的反应很有趣。

“真不愧是最快的侦探……”

今日子小姐在绀藤先生心目中的评价似乎又上升了，但她是因为说谎而加分，身为中介，没有比这个更心虚的事。

“可是，请恕我直言，掟上小姐。关于自杀还是他杀这一点，警方不是在案发当时就已经彻底调查过了吗？来找我的刑警们，好像也都完全没有考虑过自杀以外的可能性……”

不只是刑警，连今日子小姐也没有考虑过。

我也没想这么多，只是刚好看到留在今日子小姐大腿上的信息，纯粹囫囵吞枣罢了，而绀藤先生似乎马上就对此产生疑问。

我暗自冒冷汗，心想再这样下去，他会不会识破今日子小姐说的大话。

“还是掟上小姐你要说，这事件的背后藏着一个能骗过警方科学搜查的狡猾真凶呢？”

“狡猾……倒是，要说狡猾也算是狡猾。”

自始落落大方的今日子小姐，唯独在这时同意得有些支吾其词。

“不过，要说浅薄也真是浅薄。至少我无法给这个行为太高的评价。”

“嗯？喔，我也没有要对杀人犯……杀人未遂的嫌犯给予任何正面的评价就是了……”

绀藤先生一脸狐疑地说。

“狡猾”本来就不是赞美用的字眼吧——只是用到“浅薄”这个词汇，听起来就是很明确的鄙视。

当然，会想杀害十二岁的小孩本身的确是够卑鄙，但即使对方是凶手，拿这种措辞形容也很不像今日子小姐的作风。

然而，紧接着今日子小姐却说出更严厉的话。

“会变成这样其实有很多偶然的要素，所以不能说一切都是按照凶手的剧本进行——相反的，整个计划非常失败。”

这倒也是，遗言少女虽然从大楼上摔下来，却没有死成……

凶手的目的确实落空了。可是这样的话，让我突然很好奇凶手眼中的“成功”到底是什么……

而且我碰巧经过遗言少女坠楼落点也是偶然，或该说是完全出乎意料的意外……那么什么样的结局，才是凶手想要的呢?

再说回来——到底谁是凶手?

是我认识的人吗?

在调查时遇到过吗?

我一直在这个会议室里忠实地扮演着听众，但这时终于忍不住。

“请告诉我吧，今日子小姐。”

我打破沉默，开口提问。

“企图杀死遗言少女的人到底是谁?”

“遗言少女企图杀死的人到底是谁——你应该要这么问才对。”

今日子小姐回答。

“因为，她就是凶手。”

3

我完全混乱了——这是什么意思?

凶手是遗言少女?

所以搞到最后，还是自杀啰?

只是说法的问题——不，不对。

她想杀死的到底是谁？咦？

“那、那么掟上小姐——你是说遗言少女企图杀死厄介吗？！不是碰巧，是瞄准厄介，故意往他身上压吗？！”

绀藤先生比我更迅速地从今日子小姐的暗示里推测到答案。

显然方寸大乱的问话声大到一点儿都不像他，我也大吃一惊——当然不是被他的声量吓到。

瞄准谁？我吗？

不是自杀，而是杀人案。

遗言少女不是被人推下楼，而是遗言少女为了杀我才跳下来吗？

虽然媒体无凭无据地大肆炒作“人在落点上的我想杀少女”的言论……但实际上刚好相反吗？

“不，少女瞄准的并不是隐馆先生。”

相较于大惊失色的我和绀藤先生，今日子小姐倒是极为冷静——称我为“隐馆先生”而不是“厄介先生”，大概是因为绀藤先生也在场吧。

“这里是她的失败，也是偶然。说得直接一些，是她搞错人了。”

……

搞错人？

因为搞错而被杀还得了……再说，遗书又该怎么解释？我完全看不懂遗言少女的目的……还有她为何要选择那栋大楼来跳楼的理由。

“之所以不选择他处，选择那栋商住混合大楼作为跳楼地点的理由，是因为那里是厄介先生上班的地方。”

今日子小姐说道。

嗯……也对，如果目标是我，这个理由的确说得通。因为遗言少女并不是在寻求殒命之处——不是五层楼的大楼也不是六层楼的大楼，不是十层楼的大楼也不是学校的校舍，高度什么的根本无关紧要，就是非得这栋七层楼高的商住混合大楼不可。

为了瞄准走出大楼的我……可是，她刚才又说是搞错人……

“从大楼的楼顶上跳下来杀人这种事，以方法来说实在是太粗劣了。实际上，她现在也还徘徊在生死之际……”

稍微冷静下来的绀藤先生如是说。

“不算粗劣喔，只是复杂了些。”

今日子小姐答道。

“比起碰巧有人经过自杀者跳楼的落点，杀人犯看准经过正下方的行人故意跳下去的状况，就现象来说应该比较容易成立吧？”

只要走在路上，就无法完全排除被陨石直击脑门的可能性——甚至也会有从天降下一只乌龟碰巧打到头的可能性。

只不过，比起这种偶然成真的几率，由于可以自行瞄准，一个人看准另一个人经过时纵身一跃，命中目标的几率应该会更高。

警方再怎么科学搜查都没有意义。

因为现象本身——遗言少女所采取的行动本身，都同样只是从大楼楼顶往下跳而已。

心中所想虽不同，但行为是一样的。

楼顶上并没有其他人，也不曾与其他人产生争执——再加上现场还留有遗书和摆得整整齐齐的鞋子。

那也是她自己准备的吗……？

不，可是……真是难以置信。我无法接受。

这种玉石俱焚、对己身安危毫无保障的做法——不仅如此，陪葬的可能性还高出许多。就算怀有杀意，这也几乎是以身相殉了不是吗？

“想问的事情……不对，非问不可的事情实在太多了，反而不知该从何问起才好……”

绀藤先生面向今日子小姐，慎重斟酌着心中想必多如繁星的问题。

“掟上小姐，还请你先告诉我‘搞错人’是什么意思好吗？如果不是要杀害厄介，遗言少女到底想要杀害谁？”

在这种情况下，仍然先从我的事开始问，可以看出绀藤先生的人品……然而就算是跟我无关，这也是我想知道的疑问。

话说，像我这种彪形大汉，到底是要怎么跟别人搞错啊——另一方面，我也想不透十二岁的少女为何要置我于死地。

如果因为是“谁都可以”而被当作目标固然是令人毛骨悚然，但似乎并不是这么回事——那是怎么回事？

“这时候，身高并不是问题呢——因为从大楼的楼顶，亦即从正上方看下来，无法用身高来认人。”

啊，对了，我们也谈过这件事。

当时好像是在讨论落点上的肉垫怎样又怎样之类的话题……

“无法用身高认人——那要用什么来认呢？用整个人直接空降突袭来举例，恐怕两位也不好想象吧……比如说，想要瞄准走在路上的我，从楼顶上丢东西下来的话，要以什么来判别呢？”

“呃……这个嘛。”

光是从正上方俯瞰他人的机会就不多——更何况如果还隔着七层楼高的距离，几乎不可能判别谁是谁吧？

那么，遗言少女的目标果然还是“谁都可以”吗？不，可是……如果锁定今日子小姐……

“没错。会认这头白发吧。或说从正上方看，也只能以白发为基准。”

“……可、可是，这无法成为可靠的基准吧？”

今日子小姐是因为年轻，那头白发才会特别显眼，才能成为目标，但是加上五六十岁的行人，满头白发的人根本一点儿也不稀奇。

“没错。若只以白发为基准，可能会搞错人——就像把那天撑着借来的伞回家的隐馆先生，误认为二手书店“真相堂”的老板那样。”

4

选择那栋大楼的理由。以及选择下雨天的理由。

不同于今日子小姐，我的发型没什么明显的特征——因此，在无法区别身高的上空，很难确定谁才是隐馆厄介这个人。从下着雨，我又撑着“借来的”伞这个事实回推，遗言少女的目标并不是我。今日子小姐会这么推理便不难理解了，也很简单明了。

因为提到那天下雨，自然会联想到我撑着伞，但今日子小姐怎么知道那把伞是“借来的”，又怎么知道借伞给我的人是“真相堂”的老板呢？

“咦？因为你不是说过吗？你去二手书店办离职手续的时候，答应老板下次要带围裙和伞去还他……因此，假如突然下雨，你又是撑伞回家的话，不就表示是向老板借的伞吗——我是这么想的，难道不对吗？”

不——没有不对。

因为雨下得突然——那天，我没有带伞——所以向老板借了伞要回家。今日子小姐是从零星的只字词组之中，读取到连我自己也没发现的证词……她居然这么仔细地听我描述离职点滴。

本以为是自己撑着伞，看不到上方，所以没注意到从天而降的少女——原来那把伞才是让我成为目标的标记。冷淡的老板说他等雨停再回去，半强迫借给我的伞——平常都是老板在用，印有书店名称的伞。

对于在职场上不曾有过什么美好回忆的我来说，非常感谢他的贴心，也觉得很高兴……没想到那竟会成为我骨折的原因。

“也可以视为幸好有伞当缓冲，遗言少女和隐馆先生才能够双双捡回一命呀。”

或许是那样没错——当然，那时不只我的骨头，伞骨也都折断了，因为是把很好的伞，我还打算修好以后再还给他——不过，这是真的吗？

还是有些难以置信。

虽然几率很小，但是不幸被卷入跳楼自杀的说法还比较合理——再说，少女为何要杀老板？

“这我就不清楚了。不过可以猜想大概是有什么纠纷吧，若不向老板和遗言少女两个人……至少其中之一问清楚的话……不过，单就目前的情况而言，动机是什么都无所谓吧？”

“无、无所谓吗？”

“绀藤先生委托我的，是查出遗言少女自杀未遂的真相——十二岁的少女跳楼自杀的真正动机。可是一旦变成杀人未遂，自杀这件事原本就不存在，也不需要再继续进行调查吧？而现在我们已经得证，这件事与阜本老师把自杀画得唯美的短篇《死亡带路人》完全无关了。”

……

这……是这样没错啦。

《死亡带路人》是自杀的故事，不是杀人的故事。

既然如此，这场“自杀”不是受漫画影响而造成的事实就很明白了——大概是她之前讲的“只是名字遭到利用”的情况吧。并非“为了隐藏真正的动机”，而是“为了掩饰杀人意图”的烟雾弹。

可是，这个结局也太令人消化不良了。就算这是真相，我和绀藤先生就算了，我不认为阜本老师会相信。

而今日子小姐似乎也不是这么不明事理的人。

“至于遗言少女为什么要选择这种方法，我倒是可以来分析一番。”

于是她补充。

“如果有需要的话，我也可以试着依序说明到底发生了什么事，以及我认为这件事有什么内幕。让各位清楚明白遗言少女到底想做什么、打算做什么——以及失败了什么。”

“还请你务必说明。”

绀藤先生和我异口同声。

都到了这个地步，要是在这里结束，未免也太吊人胃口了。

“那么我就简短地说明一下。”

今日子小姐开始从头说起。

“假设有位少女对某人怀着强烈的杀意——而且是非常非常强烈的杀意——至于杀意的具体内容，请恕我再重复一遍，得问当事人才会知道。只要在这个前提之下向周围的人打听，或许就能掌握大致的动机。”

说得简单，但事情可没有这么简单。

只是，不同于以个人行为结案的“自杀”，若是影响范围扩大到其他人的 “杀人”，要探索其根源的难度可能会降低很多。

再说，也有人认为寻找动机没什么意义——我个人不太欣赏这种想法，不过在我仰赖的侦探之中，也有总是扬言“我只要能解开充满魅力的谜团就够了，对犯人的动机没兴趣”的名侦探。这一点的确是很没有人情味，事实上，他也很冷漠——但如果要说只是解开了“充满魅力的谜团”就一脸什么都懂的样子，开始对凶手滔滔不绝说教的名侦探就比较有人情味，那倒也未必。

如同一个人基于任何理由自杀都不奇怪，一个人基于任何理由差点儿被杀，或是真的被杀也都不奇怪——好吧，暂且先把这个问题吞回去好了。

遗言少女打算杀死书店老板。

怀抱着孩子般的强烈杀意。

所以，在此希望今日子小姐告诉我的，并不是杀人的理由——而是为了杀害老板的少女，为何要选择这么迂回曲折的方法。

不知该说是迂回曲折，还是危险的方法。

“并不是为了施展诡计而施展的诡计……感觉比较像是一个突发奇想，于是就动手了……这样吗？仿佛算准打烊时间突然下起的雨，让她鬼使神差地在冲动之下，将脑海中的妄想付诸实行……”

我戒慎恐惧地问今日子小姐。

问得宛如杰出的推理小说里经常会出现的“只不过为了杀死一个人，谁会这么大费周章啊”“单纯找个夜晚在半路上袭击杀害目标之后埋在山里，被发现的可能性还比较低不是吗？”这种温情吐嘈的解答范例。

制造出密室的理由是因为凶手是一名推理狂。

乍看之下是穿凿附会，但其实意外地极具真实性——想起遗言少女看的书之杂——她好像也看推理小说。

哦不，不是杂——是平衡。

“的确，要是没下雨，她可能就不会这么做了，但就如同没有下不停的雨，雨迟早是会下的——隐馆先生认为以伞作为目标，从大楼楼顶跳下来以身体重量杀人的风险太高吧？不见得一定会命中目标，就算命中目标，也不见得能确实杀死目标——不过，唯一能确定的是自己肯定会身受重伤，最糟糕的情况是只有自己丧命。”

我就是这个意思。

而且现实生活中几乎都会发展成这种最糟糕的情况。

不，甚至还有更糟的。

以不够精确的标记作为识别基准，结果压到另外一个人。又或者，即使是命中了目标，但只有自己受到昏迷不醒的重伤。被锁定的目标——老板甚至没发现自己险些被杀。

既是悲惨的结果，也是笨到家的结果。

就连只是无辜受到牵连的我，也觉得真是够了。

比起这么做——我并没有提修正案的意思——随便拿把水果刀，不是从头顶，而是从背后锁定正要回家的老板，更容易达成少女的目的吧。

“可是，这么一来虽然可以确实杀死对方，但也会穿帮吧？”

“穿帮……是被捕的意思吗？”

“不是，是‘想杀死对方’这件事会穿帮的意思。”

“欸？”

有什么不同？

当然没有凶手会喜欢被警方逮捕，但是一般应该会觉得总比死掉好吧。的确，因为她选用这种手段，在此时此刻之前，我都没想过遗言少女想要杀害老板——别说是老板，就连说是要意图杀害被误击的我，我也不会信。

“正因为她选择了这种匪夷所思、不要命的方法……”

绀藤先生仿佛是要说服自己似的对自己说。

“现阶段，她心中的杀意仍然隐蔽，还没有被人看穿……这对她而言，也是自己希望的结果吧？”

“严格说来，倘若一切如她所愿，遗言少女压在老板身上的话，我想动机和目的早就公之于众了。但由于隐馆先生这个一点儿关系也没有的第三者遭到无妄之灾，增加了这件事的偶发性。因为找不到她和‘碰巧路过的行人’之间的关系，才会被解释成一桩不幸的意外吧。”

今日子小姐没有明说，但是“碰巧路过的行人”还碰巧具备冤罪体质，对少女当然是有利的，怀疑的目光都转向这个怎么看怎么可疑的人——也就是我身上——所以谁也无法从少女的行动之中察觉到杀意。

即使是——忘却侦探也不例外。

万一“昨天的今日子小姐”不曾犯下“忘记擦去记录”这种不能发生的粗心失误，她甚至不会想到“如果不是自杀的话？”这个可能性吧。

即使身为“受到池鱼之殃的被害者”的我都毫无头绪，自然感觉不到杀意——也感觉不到刻意的作为。

从这个角度来看，少女虽然因为巧合捡回一命，却是一点儿也不幸运，只不过单纯是个失误。

因为她赌上性命的目的完全没达成——

“……可是，照掟上小姐的说法，比起被警方逮捕，遗言少女更想隐藏她有杀意这件事吧？甚至想伪装成意外……”

绀藤先生的这句话真可谓真知灼见。

由于少女目前仍然昏迷不醒，谁也不会这么说，谁也不好这么说——可是等她一旦清醒过来，想必会被追究差点儿害死人的责任。

即使十二岁不会被追究刑事责任，但因为自杀未遂而差点儿造成第三者送命的事实将一辈子都会跟着她——所谓道义上的责任，以及社会的制裁。

……对了。

她不是要隐藏杀人的行为，而是要隐藏杀意——也就是说。

“她似乎是个几近病态地讨厌被人分析的女孩子。”

今日子小姐说道。

这是她承受了被初中女生玩弄的屈辱所得到的信息——遗言少女是一个就连看书也要故布疑阵的少女。

“她讨厌别人随便评论她——因此，她隐瞒自己喜欢的东西是什么，就算是不喜欢的，她也会刻意去接触。所以才会有人说她是个很注重保持平衡的人。事实上也是如此——不想让人知道她存心杀人，所以才伪装成自杀。不想让人探究她真正的动机，所以留下遗书——假的遗书。”

这也应该不需要在此赘述了，遗书里写的动机当然是用来故布疑阵的烟雾弹——今日子小姐说。

对了。

阜本老师和我一样，都是无端被卷入少女的杀意——不，我是因为失算才被卷入，但阜本老师因为是知名人士，是算计之下的被卷入。

“……作品名称被这样使用……被这样恶用，表示对遗言少女而言，《死亡带路人》并不是她喜欢的作品吧。”

似乎是在犹疑该怎么向阜本老师报告才好，绀藤先生开口向今日子小姐确认。

今日子小姐或许认为这一点已经无庸置疑了，一言不发只是点点头——这么一来等于是再次确定此事与阜本老师无关，可是实在高兴不起来。

用来故布疑阵——换句话说，几乎是与“用完即丢”无异——无关评价好坏,对作者或编辑而言,已经问世的作品受到如此对待,肯定不好受。

背后的意义和“受到自己作品影响的小孩自杀了”完全不同，但也是足以让漫画家从此封笔也不奇怪的冲击事实。

作品在发表的那一刻，就已经是读者的了，无论受到什么样的评价，都应该虚心接受，如果这样就一蹶不振，一开始就不应该投身创作——这是非常崇高的志向，但并不是非具备不可的条件。

“我想阜本老师应该没问题吧。被我批评的时候气成那样，足见他充满了活力……所以应该不会封笔吧。就算想封笔，大概也办不到吧。”

“……办不到吗？嗯，虽说最后是跟他无关……”

面对今日子小姐让人觉得有些不负责任的评论，绀藤先生略露诧异，接着说起自己身为编辑的见解。

“一旦心底出现过‘自己的作品可能会杀死读者’的想法，要说不会对他今后的创作风格造成任何影响，我想是不可能的。极可能会让他的创作意欲……不需要受到管制，或许他就会自我设限了。或许以后只能画出卑躬屈膝、不愠不火，有如教科书般的漫画。这样的话，对一个漫画家来说，跟退休也没什么两样了。”

“正因为心底出现过自己的作品可能会杀死读者的想法——阜本老师才会再也离不开创作活动吧！虽说到头来只是模拟体验，尝过一次自己的作品足以左右读者人生的‘有趣’滋味，阜本老师是绝对不可能封笔的。”

这也是——对作家的幻想吧。

只不过，算是有几分真实的幻想。

阜本老师说过他是因为觉得有趣才当漫画家的，一旦不有趣就要封笔不画——撇开伦理道德来思考——对他而言，这次的体验不可能不有趣。

自己的作品具有差点儿夺走一条人命的绝对影响力——这种危险的妄想虽然是一场噩梦，但也是一种梦想吧。

透过故事——可以让人生，也能让人死的梦想。

要是没有这种梦想。

谁都不会去阅读故事，谁也不会去创作故事。

“……不过，我也不会让他这么做的。不管是退休，还是萎缩。”

绀藤先生说道，不知道他对今日子小姐的意见有多少共鸣——也许不同于作家，但这也算是一种决心的宣示吧。

“托掟上小姐的福，看来还勉强赶得上截稿日。下一期的分镜，应该可以在今天晚上完成吧。”

到时候我再告诉阜本老师事情的真相——绀藤先生说。

“那就好。”

今日子小姐微微点头，换了个话题。

“那么，绀藤先生，解决篇差不多也告一段落了，我可以提出一个厚脸皮的请求吗？”

如果是平常的今日子小姐，接下来应该会提及付款事宜才是——厚脸皮的请求？

“当然可以。只要是我能力所及之事，请你尽管说。”

身为委托人，原本没理由对忘却侦探这么说才是，不过这次又是因为今日子小姐的帮助而得以解围，绀藤先生义不容辞地一口答应。

“你刚才提到了分镜，是下一期《好到不行》的漫画分镜吧。呃，我白天的时候也说过，为了预习这个案子，我一路拜读到最新一期……所以很想知道后续发展，可以让我在回去以前，先看一下那篇分镜吗？”

居然要求看刚出炉的分镜，的确是十分厚脸皮的请求。由于这并不是为了工作，而且到了明天一定会忘记，但就算如此，今日子小姐还是想一窥甚至还没完稿的分镜，这表示阜本老师的作品，确实是具备相当魅力的。

这也是在本次的事件中，第四个确切的事实。

“……说是说今天晚上，但毕竟是创作活动，不知道要搞到几点喔。”

“没关系，即便是最快的侦探，有时候也要等待。”

“那我就来想想办法吧。”

明明是极不合理的荒谬要求，绀藤先生却像是得救了似的，展颜微笑。

终章 执笔的隐馆厄介

几天后，我去以前上班的推理小说专门二手书店“真相堂”还围裙和雨伞时跟老板说了些话，大致掌握到遗言少女跳楼的动机——至少可以算是隐约看见轮廓了。

不。

既然遗书是捏造的，就不该再称她遗言少女，应该好好称呼这位初中女生——逆濑坂雅歌。

在忘却侦探结束工作，阜本老师也撤销了封笔宣言（当然，后来也经历了一番苦战奋斗）的欢喜时刻，或许不该再度旧事重提，但是让与自己有牵扯的事件以“动机不明”作结，不清不楚就要收场，严重违反我的主义。

不是主义而是意见——或许也不是意见，就只是感想——即便是匿名性很高的未成年犯罪，也不能全部用“心底的黑暗面”交代一切吧。

照亮黑暗，是大人的工作。

从现役无业游民的我口中说出来，或许很没有说服力就是了。

那是我开始在“真相堂”上班以前的事，逆濑坂雅歌在她还是个小学生的时候，似乎就常去光顾那家店了——也就是所谓的老主顾。

因为老板是那样的性格，不管是老主顾还是常客，都和他没什么交流——不过，老板似乎一开始就知道跳楼的少女是他店里的客人。

从非法入侵逆濑坂家的今日子小姐收集到的情报得知，逆濑坂雅歌的房间里没有书架。我们当时判断她大概是“会把书扔掉的人”，但是除了扔掉以外，要处分书还有别的方法。

送人——或者是卖给二手书店。

绀藤先生可能会皱眉碎念“你们这些出版社的敌人”，但是对于中小学生而言，二手书店可是重要的生命线——将卖书得到的钱再拿去买下一本书的做法，使得逆濑坂雅歌不需要书架，就能持续阅读。

这究竟是什么样的人生啊。

如同从未对媒体透露过我的事，“真相堂”的老板也绝口不提自己认识她这个客人——这可以说是顽固经营者对于媒体的厌恶使然，但也可以说是他比起时下的企业，更为小心处理顾客数据的表现。

不过，他对逆濑坂雅歌的顾虑却产生了反效果——不，那也应该算是思虑不周的结果吧。

事情发生在雇用我的前不久。

老板或许只是一时心血来潮，也或许就跟借伞给我的时候一样，只是展露他拙笨的体贴，也或者是少女那天的样子，令他多少有些担心——总之他第一次开口对着小小的常客招呼了一声。

“喂，刚进了你可能会喜欢的书喔！”

……据说逆濑坂雅歌一听到老板的话，立刻脸色发白，接着随即逃也似的冲出那家店。

当时就让老板一头雾水，即使在那之后，老板也似乎没能真正理解她为何要跑——他以为单纯是那个孩子很害羞，可能因为突然被店里的人喊住而吓了一跳吧——他以为就是这么一回事。

然而，偕同名侦探花费整整一天调查了逆濑坂雅歌的我，马上就明白个中缘由。

对于十二岁的少女而言，被识破自己“喜欢什么样的书”是难以忍受的奇耻大辱——她近乎病态地痛恨被别人知道自己是什么样的人、在想什么、喜欢什么东西。

逆濑坂雅歌就是这么一个近乎病态地害怕被人理解的少女。

因此，她在二手书店买书或卖书时，应该也施了很多障眼法，却还是瞒不过老板的法眼——老板轻而易举地看穿了她喜欢什么样的书。

就像学校的图书馆主任能看穿她讨厌被人分析的本质一般，在专家的面前，这种障眼法只不过是小孩子程度的把戏。

然而，如果能想到这是小孩子程度的把戏，也应该同时顾虑到小孩子的纤细敏感——当然，也有很多喜欢这样“你知道我想要什么”的客人——但在这世上，也还有很多人是不喜欢这样的。

对逆濑坂雅歌而言，被窥见内心世界，是比被看见裸体更丢脸的事。

丢脸到想死。

丢脸到想杀人。

今日子小姐说过，她恐怕没有可以发泄那种幼稚杀意的环境——家人、导师或同班同学，谁都没能阻止她。其实，也用不着非得与她面对面交谈，只要有一点点像是陪她一起打电动那样的体贴，就能顺利化解才是。

所以——她跳楼了。

如果被人知道自己是因为觉得丢脸而杀人也很丢脸，所以伪装成自杀。但是如果被人以为自己是因为没有朋友、家里有问题而自杀也很丢脸，所以写下捏造的遗书。

至于会认为“受到漫画的影响而自杀也很丢脸吧”的看法，毕竟只是失去童心的大人才会有的感觉，况且今日子小姐也说过，如果周围的人能对少女的故布疑阵全部照单全收，或许还比较不会出问题。

巧妙地骗过所有人，反而能让她感到安心。

看在我这种人的眼里，将被人理解视为奇耻大辱、宁可被人误解还比较高兴的感性实在是莫名其妙，但对于极度想强调“不被理解的自己”作为自主表征的少年少女心，多少还能有点儿感同身受。

虽然她正是厌恶被别人这样感同身受。

反过来说，她在学校格格不入、家里有问题这些事由，也都足以解释成为她之所以自杀的理由——再进一步来说。

我甚至怀疑，“为了杀死老板而跳楼的杀意”会不会才是障眼法，她其实只是在寻找一个借口，来满足始终存在于心中的自杀欲望。

无论理由为何，人就是会杀害他人，人就是会杀害自己。

真是如此，那也实在太讽刺了。

唯独漫画名称被白纸黑字写进遗书的那篇阜本老师作品，正因为被写在遗书里，反而能将其完全摒除在善感的少女跳楼自杀的理由清单之外。

逆濑坂雅歌之所以压在我而不是老板身上，除了因为认伞不认人，也是因为她不知道在自己仓皇逃离之后，那家店就雇用了我——结果又因为我成为众人瞩目的焦点，使得她写的遗书未能曝光。

这么看来，逆濑坂雅歌的计划在执行时，可以说是比今日子小姐点评的更为一败涂地——没有一项计划是成功的，失败到甚至连要称之为“计划”都太过抬举了。

要说这种还称不上是青春期，却也纤细敏感的羞涩是其动机，甚至会感觉有些稚拙可爱，但若要如此去理解这件事，又有点儿不太对。

我觉得很不对。

因为，当我试着去想象她的计划要是顺利进行、如愿成功的话，不禁毛骨悚然——只是好心跟她寒暄一句的老板不明不白地被杀，而一名漫画家的作家生命也会因此画上句点。

……或许就连她的“自杀”也成功了。

这不是可以原谅的事。

不是道歉就能善了的事，就算以身相殉，也无法弥补任何事。

因为是十二岁的少女，所以不用承担刑事责任，今日子小姐所提出的解决或解释也不会公之于众，这事件将从此埋葬在黑暗里——但是就这样以埋没葬送作为结果，实在太不堪了。

因此，我希望目前仍然无法离开加护病房的逆濑坂雅歌一定要醒来。希望她的寻死之举以失败告终。希望有朝一日，不管她喜不喜欢，都要看我针对这事件所写下的备忘录，好好羞愧到面红耳赤，无地自容。

才不能让她这么轻易地死去。

要让少女丢脸也得活下来——希望她厚着脸皮活下去。

说来，据绀藤先生所述，阜本老师在决定继续画漫画下去时，还讲了这样的话。

“一旦挑起事端，或许会给自己喜爱的漫画惹麻烦——有鉴于此，将来我会尽力去画出让人在行动前，能为喜爱的事物去多想一秒的作品。”

这既跟今日子小姐的意见不同，也很难说阜本老师如此下决心能算是好结局，但或许这就是“专业的见解”吧。当然，我这种外行人并没有这样的觉悟，也不会得意忘形地以为自己的文章能为她带来正面影响。让人阅读我不成熟的文章实在汗颜至极，不过在某个层面上，我和她也算是曾经生死与共的伙伴——就让我们一起丢脸吧。

要防止跳楼的方法，并不是在楼顶装设栏杆。

而是要好好地让对方知道——摔下去可是很痛的。

附记

接下来算是私事。在事件解决以后又过了恰好两个月，我右手和右脚那两处的骨折才完全治愈——虽然因此流失掉了一些肌肉，还需要一段时间进行复健，但总之这么一来，我终于能重新开始找工作了。

当我要丢掉拆下来的石膏时，赫然发现原本用来固定大腿的石膏背面，居然写着一些小字。

“恭喜康复。”

是今日子小姐的笔迹——在心形符号的旁边，还画着一个让人联想到戴眼镜侦探的可爱人物插图，大概是用来代替署名吧。不知为何，她还给人物加上漫画般的猫耳。

故意将信息写在我视线所不及之处，不管是心形符号还是插图，与其说是亲昵的表现，更像是经过算计的捉弄。

到底是什么时候写的……

这两个月来，我一直在不知不觉之中，和这个像是一颗定时炸弹般的信息一起过日子吗……我不知道自己为何要被她这样捉弄，但是如此一想，又不禁苦笑。

在石膏上涂鸦——根本是初中女生程度的恶作剧。

就在怀念起那天热情倾诉自己多么向往骨折的今日子小姐之

时，我也想起那句写在忘却侦探大腿内侧的信息——

“如果不是自杀的话？”

那到底是件什么样的案子、关于什么事情的信息呢？事到如今，我却开始耿耿于怀了。

信息的内容固然重要，但是信息的位置——像这样，被她把字写在石膏上之后，我才发现自己看不太到的位置，必然也是自己写不太到的位置……也正因为如此，今日子小姐才会失常地忘了擦掉。

那么，今日子小姐究竟是在什么样的情况下，才会把信息写在自己的大腿内侧呢。

当然，在遵守终极保密义务的大前提之下，忘却侦探经历过的“昨天的事件”究竟是怎么一回事，我是无从知晓的……

不。

原本是无从知晓的，但是在那之后，由于做梦也想不到的意外机缘，我得以知道今日子小姐在这次工作前一天经历过的事。

那是被称为“罪恶馆杀人事件”的——一件匪夷所思的犯罪。

写在最后

有一个心理测验的问题是："如果明天就是世界末日，你最后想在什么样的店里吃饭？"也许你会想吃点儿好吃的，或者尝点儿稀奇的，也或许会想来顿回忆中的美好一餐。想必是脑中浮现各种答案而难以选择其一，但仔细想想，"如果明天就是世界末日，还会有厨师上班吗？"的疑问又闪过脑海。这么一来，从准备食材到烹调，就只能全部自己来了，而且当明天就是世界末日之时，能不能弄到像样的食材和厨具也很难说。不管是地球还是世界，都不会"砰"的一声就骤然落幕，总会有迈向灭亡的经过、流程和步骤，所以我认为"明天就是世界末日"和"地球几乎要灭亡的今天"应该几近同义才是。这也关乎"濒临灭亡"与"正在灭亡"之间到底有多少差异，既然如此，在论述地球呀世界之类规模巨大的主题以前，所谓"活着"与"死去"之间的区别又有多明确呢？同样挺耐人寻味。像是"半死不活"或"活在大家的心中"这种俗谚成语，也许算是相当贴近的比喻吧。纵使被人鼓励"心想如果马上就要死，必能更认真地活下去"，要是去扩大解释这句话，又会觉得言下之意好像是被嫌弃"当你无法认真地活下去的那一刻，就已经跟死了没两样"一般。不过要是能转念，心想反正"已经跟死了没两样"，倒说不定能抛开一切、不再留恋，从而下定决心拼一下。